W0357127

ON FAIT QUOI POUR LE DÎNER ?

Copyright © 2023, Éditions 365 – 57, rue Gaston-Tessier – 75019 Paris
Tous droits réservés. Toute reproduction, même partielle, par quelque procédé que ce soit, est interdite sans l'autorisation écrite de la société Éditions 365.
ISBN 978-2-38382-342-1 – Dépôt légal : août 2023.

éditions 365

www.editions365.eu – Média Diffusion – Distribution MDS – Imprimé en RPC en décembre 2022.

FSC www.fsc.org MIXTE Papier issu de sources responsables FSC® C122901

L'imprimeur utilise du papier FSC® issu de forêts gérées durablement et des encres végétales respectueuses de l'environnement.

mémoniak
Bienvenue dans notre famille !

SOMMAIRE

Famille Healthy
débarque dans votre cuisine
avec son nouveau livre :
On fait quoi pour le dîner ? avec Famille Healthy.
Au programme, 365 recettes saines et savoureuses
pour un moment convivial autour d'un dîner qui ravira toute la famille.
Chez Famille Healthy, nous sommes convaincus qu'il est possible de mêler plaisir
et santé, c'est pourquoi nos recettes n'excèdent pas 600 kilocalories par personne.
Pour vous faire gagner du temps, nos recettes sont élaborées
avec des ingrédients de votre quotidien : tartiflette légère au yaourt,
endives et poires caramélisées au chèvre, tarte au jambon et aux champignons,
à chaque appétit son mets Famille Healthy.
Nous espérons que vous allez vous régaler !
N'hésitez pas à prendre vos réalisations en photo
et tagguer @FamilleHealthy sur Instagram.
Bon appétit !

MENUS

de la semaine

Et aussi

JANVIER

2024

Lundi **1** Férié *Jour de l'An*	Tartiflette légère au yaourt	15 mn / 55 mn	410 kcal
Mardi **2**	Blé aux panais et au topinambour	20 mn / 1 h 05	440 kcal
Mercredi **3**	Gratin aux deux choux	15 mn / 35 mn	430 kcal
Jeudi **4**	Blanquette de volaille	25 mn / 45 mn	500 kcal
Vendredi **5**	Tarte aux poireaux et Saint-Jacques	25 mn / 1 h	540 kcal
Samedi **6**	Dal bhat népalais	10 mn / 40 mn	465 kcal
Dimanche **7**	Cabillaud aux poireaux, lait de coco et semoule	15 mn / 25 mn	550 kcal

Recettes

Pour 4 personnes

Préchauffer le four à 200 °C. Cuire 1 kg de pommes de terre en rondelles dans de l'eau froide + 1 c. à s. de gros sel, 25 mn après ébullition. Faire revenir 200 g de dés de jambon + 2 oignons et 1 gousse d'ail hachés 5 mn avec 1 c. à s. d'huile. Ajouter 10 cl de vin blanc + sel + poivre. Cuire 5 mn. Ajouter 2 yaourts + la préparation aux pommes de terre, mélanger. Dans un plat, alterner le mélange et 40 g de fromage à tartiflette, enfourner 20 mn.

Cuire 300 g de blé complet 45 mn dans 90 cl d'eau salée + 1 c. à s. de bouillon de légumes. Cuire 10 mn à la vapeur 300 g de panais et 300 g de topinambour lavés et coupés en petits morceaux. Dans une poêle, chauffer 2 c. à s. d'huile d'olive, ajouter les légumes + 2 oignons émincés, cuire 5 mn à feu vif. Ajouter le blé égoutté + 1 c. à s. de sauce soja + ¼ de c. à c. de piment d'Espelette + sel + poivre, mélanger, cuire 5 mn à feu doux.

Préchauffer le four à 200 °C. Laver et couper 1 chou-fleur et 1 brocoli, cuire à la vapeur 8 mn. Faire fondre 50 g d'huile de coco désodorisée, ajouter 50 g de farine, mélanger. Ajouter 50 cl de lait d'amande petit à petit + sel + poivre, laisser épaissir. Dans un plat, déposer les légumes égouttés + 400 g de tofu fumé en dés, verser la sauce par-dessus, bien répartir. Saupoudrer 40 g de fromage râpé, enfourner 25 mn. Saupoudrer 40 g de levure maltée.

Faire revenir 1 oignon émincé + 400 g de volaille coupée en morceaux 5 mn dans 1 c. à s. d'huile. Ajouter 3 carottes et 300 g de champignons coupés en rondelles, cuire 15 mn à feu moyen. Verser 15 g de fécule de maïs + 40 cl d'eau bouillie + 1 c. à s. de bouillon de légumes + 1 c. à c. de thym séché en mélangeant, couvrir et cuire 15 mn à feu doux. Ajouter 40 cl de crème de soja + 30 g de persil + sel, mélanger, laisser mijoter 10 mn.

Préchauffer le four à 180 °C. Laver et couper 800 g de blancs de poireaux en lamelles, les faire revenir dans 1 c. à s. d'huile, 15 mn à feu doux. Ajouter les Saint-Jacques, cuire 6 mn. Étaler et piquer la pâte feuilletée dans un moule, déposer les Saint-Jacques avec les poireaux + le mélange : 3 œufs + 1 yaourt + 15 cl de vin blanc + sel + poivre. Saupoudrer 40 g de gruyère, enfourner 40 mn. Saupoudrer 40 g de levure maltée et servir.

Rincer 350 g de riz basmati, ajouter 75 cl d'eau + sel, cuire 20 mn après ébullition. Faire revenir 2 oignons et 3 gousses d'ail émincés avec 2 c. à s. d'huile, ajouter 1 c. à s. de garam masala + 1 c. à c. de thym + sel. Ajouter 300 g de lentilles vertes + 1,5 l d'eau. Laisser frémir et cuire 20 mn à feu doux.

Préchauffer le four à 180 °C. Dans un plat, déposer 4 poireaux coupés en rondelles, ajouter 800 g de cabillaud rincé. Recouvrir du mélange : 20 cl de lait de coco + 1 c. à c. de gingembre + 2 gousses d'ail émincées + ¼ de c. à c. de coriandre + ½ c. à c. de cumin + sel, bien répartir. Enfourner 25 mn. Dans un saladier, déposer 250 g de semoule + sel, verser 35 cl d'eau bouillante, couvrir et laisser gonfler. Ajouter 1 c. à s. d'huile, mélanger. Servir avec le cabillaud.

Courses

Pour 4 personnes

○ Tartiflette légère au yaourt

1 kg de pommes de terre, 200 g de dés de jambon, 40 g de fromage à tartiflette, 2 yaourts nature, 2 oignons, 1 gousse d'ail, 10 cl de vin blanc, 1 c. à s. d'huile, 1 c. à s. de gros sel, sel, poivre.

○ Blé aux panais et au topinambour

300 g de blé complet, 300 g de panais, 300 g de topinambour, 2 oignons, 2 c. à s. d'huile, 1 c. à s. de bouillon de légumes, 1 c. à s. de sauce soja, ¼ de c. à c. de piment d'Espelette, sel, poivre.

○ Gratin aux deux choux

1 chou-fleur, 1 brocoli, 400 g de tofu fumé, 40 g de fromage râpé, 50 g de farine, 50 cl de lait d'amande, 50 g d'huile de coco désodorisée, 40 g de levure maltée, sel, poivre.

○ Blanquette de volaille

400 g de volaille, 300 g de champignons, 3 carottes, 1 oignon, 40 cl de crème de soja, 30 g de persil, 15 g de fécule de maïs, 1 c. à s. de bouillon de légumes, 1 c. à s. d'huile, 1 c. à c. de thym séché, sel.

○ Tarte aux poireaux et Saint-Jacques

1 pâte feuilletée, 800 g de blancs de poireaux, 500 g de noix de Saint-Jacques, 3 œufs, 1 yaourt nature, 40 g de gruyère, 40 g de levure maltée, 1 c. à s. d'huile, 15 cl de vin blanc, sel, poivre.

○ Dal bhat népalais

350 g de riz basmati, 300 g de lentilles vertes, 2 oignons, 3 gousses d'ail, 1 c. à s. de garam masala, 1 c. à c. de thym séché, 2 c. à s. d'huile, sel.

○ Cabillaud aux poireaux, lait de coco et semoule

800 g de cabillaud, 4 poireaux, 250 g de semoule, 20 cl de lait de coco, 1 c. à s. d'huile, 1 c. à c. de gingembre, 2 gousses d'ail, ¼ de c. à c. de coriandre séchée, ½ c. à c. de cumin, sel.

Et aussi

JANVIER 2024

Jour	Recette	Préparation	Cuisson	Calories
Lundi 8	Soupe de carottes et lentilles corail	15 mn	25 mn	360 kcal
Mardi 9	Quinoa sauté au brocoli	15 mn	15 mn	425 kcal
Mercredi 10	Endives et poires caramélisées au chèvre	20 mn	30 mn	410 kcal
Jeudi 11	Tarte jambon et champignons	10 mn	30 mn	590 kcal
Vendredi 12	Curry de bœuf hivernal	10 mn	35 mn	425 kcal
Samedi 13	Velouté de poireaux et œufs pochés	15 mn	50 mn	370 kcal
Dimanche 14	Œufs au potimarron et riz jaune	5 mn	55 mn	480 kcal

Recettes

Pour 4 personnes

Faire revenir 2 oignons + 2 gousses d'ail 5 mn avec 2 c. à s. d'huile d'olive. Ajouter les 4 carottes coupées en petits morceaux + 400 g de lentilles corail + 1,5 l d'eau + 20 cl de crème de soja + 2 c. à c. de tandoori + 1 c. à c. de bouillon de légumes + sel + poivre. Porter à ébullition, laisser cuire 25 mn et mixer pour obtenir une soupe fine.

Bien rincer 300 g de quinoa puis cuire dans 60 cl d'eau + sel, 15 mn après ébullition, couvrir et laisser gonfler. Dans un wok, faire revenir 1 brocoli coupé en morceaux + 2 carottes râpées + 2 oignons émincés + 2 gousses d'ail hachées, 8 mn dans 2 c. à s. d'huile d'olive + sel. Verser 10 cl de vin blanc, cuire 5 mn. Ajouter le quinoa + 1 c. à s. de moutarde + 1 c. à c. de coriandre moulue + sel + poivre, mélanger, cuire 3 mn à feu doux.

Préchauffer le four à 180 °C. Faire revenir 5 mn à feu moyen les 6 endives coupées en 2 dans 50 g d'huile de coco désodorisée, puis ajouter les 2 poires coupées en dés + 1 c. à s. de miel, cuire 4 mn en mélangeant. Mettre le tout dans un plat à gratin, ajouter et bien répartir le mélange : 2 œufs + 1 yaourt + 40 g de chèvre + 80 g de noix + sel + poivre. Enfourner 20 mn. Saupoudrer 40 g de levure maltée.

Préchauffer le four à 180 °C. Faire revenir 100 g de dés de jambon + 100 g de champignons coupés en morceaux + 1 gousse d'ail hachée dans 1 c. à s. d'huile, 5 mn à feu moyen. Étaler et piquer la pâte brisée dans un moule, ajouter les champignons, recouvrir du mélange : 4 œufs + 20 cl de crème de soja + 5 g de persil ciselé + sel + poivre. Enfourner 25 mn.

Faire revenir 2 oignons + 500 g de bœuf haché 10 mn dans 2 c. à s. d'huile. Ajouter 2 carottes et 300 g de pommes de terre coupées en morceaux + 1 l d'eau, couvrir et cuire à feu moyen 15 mn. Ajouter 20 cl de coulis de tomates + 2 c. à s. de curry + 1 c. à c. de curcuma + 1 c. à s. de farine + sel + poivre. Bien mélanger, laisser cuire 10 mn.

Faire revenir 2 oignons et 2 gousses d'ail hachés dans 3 c. à s. d'huile d'olive. Ajouter 4 poireaux et 600 g de pommes de terre coupés en morceaux, cuire 10 mn à feu moyen. Ajouter 1 l d'eau + 50 cl de lait de soja, cuire 20 mn. Ajouter 1 c. à s. de bouillon de légumes + sel + poivre. Laisser mijoter 15 mn. Faire bouillir de l'eau + sel, couper le feu, casser les 4 œufs, cuire 4 mn. Répartir la soupe dans 4 bols et déposer 1 œuf dans chaque.

Rincer 300 g de riz et cuire 40 mn avec 60 cl d'eau + 1 c. à c. de curcuma + sel. Préchauffer le four à 180 °C. Couper et faire revenir 300 g de champignons + 2 gousses d'ail hachées 5 mn dans 2 c. à s. d'huile. Ajouter 5 g de persil haché + sel + poivre. Dans 4 ramequins, répartir 400 g de purée de potimarron + les champignons + les 4 œufs. Parsemer 40 g de parmesan, enfourner 12 mn.

Courses

Pour 4 personnes

- ◯ **Soupe de carottes et lentilles corail**
4 carottes, 400 g de lentilles corail, 20 cl de crème de soja, 2 oignons, 2 gousses d'ail, 2 c. à s. d'huile d'olive, 2 c. à c. de tandoori, 1 c. à c. de bouillon de légumes, sel, poivre.

- ◯ **Quinoa sauté au brocoli**
300 g de quinoa, 1 brocoli, 2 carottes, 2 oignons, 2 gousses d'ail, 10 cl de vin blanc, 2 c. à s. d'huile d'olive, 1 c. à s. de moutarde, 1 c. à c. de coriandre moulue, sel, poivre.

- ◯ **Endives et poires caramélisées au chèvre**
6 endives, 2 poires, 40 g de chèvre frais, 80 g de noix, 1 yaourt nature, 2 œufs, 50 g d'huile de coco désodorisée, 40 g de levure maltée, 1 c. à s. de miel, sel, poivre.

- ◯ **Tarte jambon et champignons**
1 pâte brisée, 100 g de dés de jambon, 100 g de champignons, 4 œufs, 20 cl de crème de soja, 5 g de persil, 1 gousse d'ail, 1 c. à s. d'huile, sel, poivre.

- ◯ **Curry de bœuf hivernal**
500 g de bœuf haché, 300 g de pommes de terre, 2 carottes, 2 oignons, 20 cl de coulis de tomates, 2 c. à s. de curry, 1 c. à c. de curcuma, 1 c. à s. de farine, 2 c. à s. d'huile, sel, poivre.

- ◯ **Velouté de poireaux et œufs pochés**
4 poireaux, 4 œufs, 600 g de pommes de terre, 2 oignons, 2 gousses d'ail, 50 cl de lait de soja, 3 c. à s. d'huile d'olive, 1 c. à s. de bouillon de légumes, 1 c. à c. de thym, sel, poivre.

- ◯ **Œufs au potimarron et riz jaune**
4 œufs, 400 g de purée de potimarron, 300 g de riz complet, 300 g de champignons, 40 g de parmesan, 2 gousses d'ail, 2 c. à s. d'huile, 1 c. à c. de curcuma, 5 g de persil, sel, poivre.

Et aussi

JANVIER 2024

Lundi **15**	Courges butternut farcies	20 mn / 55 mn	540 kcal
Mardi **16**	Quiche jambon et pommes de terre	10 mn / 45 mn	450 kcal
Mercredi **17**	Pâtes au jambon et crème de poireaux	15 mn / 20 mn	420 kcal
Jeudi **18**	Choux de Bruxelles sucré-salé au four	15 mn / 25 mn	445 kcal
Vendredi **19**	Wok de crevettes à l'ail	15 mn / 15 mn	410 kcal
Samedi **20**	Poulet gratiné au reblochon	25 mn / 45 mn	425 kcal
Dimanche **21**	Poêlée vegan de tofu et brocolis	20 mn / 1 h	425 kcal

Recettes

Pour 4 personnes

Préchauffer le four à 200 °C. Laver, couper et épépiner 2 courges butternut en 2, gratter la chair et la réserver. Faire revenir 2 oignons + 250 g d'allumettes de jambon 5 mn dans 1 c. à s. d'huile. Ajouter la chair des courges + 40 g de beaufort en copeaux + 100 g de fromage blanc + sel + poivre, mélanger. Farcir les 4 moitiés de courges, enfourner 50 mn.

Préchauffer le four à 180 °C. Éplucher et cuire 400 g de pommes de terre à la vapeur, 15 mn après ébullition. Faire revenir 2 oignons émincés dans 1 c. à s. d'huile. Étaler et piquer la pâte feuilletée dans un moule, déposer les oignons puis les pommes de terre coupées en rondelles, ajouter le mélange : 1 œuf + 1 yaourt grec + 100 g d'allumettes de jambon+ sel + poivre, bien répartir, enfourner 40 mn. Saupoudrer 60 g de levure maltée.

Faire cuire 250 g de pâtes al dente (selon les indications du paquet). Faire revenir 1 oignon rouge + 2 blancs de poireaux finement émincés 8 mn dans 1 c. à s. d'huile. Ajouter 200 g de dés de jambon + 10 cl de crème de soja + 1 c. à c. de paprika + 1 c. à c. de piment doux + sel + poivre, mélanger et cuire 10 mn à feu moyen. Égoutter les pâtes et mélanger le tout.

Préchauffer le four à 180 °C. Faire bouillir 10 mn 500 g de choux de Bruxelles + sel, puis les couper en 2. Dans un saladier, mélanger 2 c. à s. d'huile + 2 c. à s. de miel + 2 c. à s. de vinaigre balsamique + poivre. Ajouter les choux + 2 pommes golden coupées + 20 g d'amandes concassées. Verser dans un plat, parsemer 40 g de feta émiettée. Enfourner 25 mn. Dans un saladier, déposer 250 g de semoule + sel, verser 35 cl d'eau bouillante, couvrir, laisser gonfler.

Cuire à couvert 300 g de riz + 60 cl d'eau + sel, 20 mn après ébullition. Faire revenir 1 oignon et 2 gousses d'ail hachés dans 2 c. à s. d'huile de sésame. Ajouter 10 g de fécule de maïs + un peu d'eau + 1 c. à s. de sauce soja + 1 c. à c. de miel, laisser épaissir, réserver. Dans un wok, poêler 8 mn à feu vif 400 g de crevettes + 200 g de champignons + 1 carotte émincée + 200 g de germes de soja. Ajouter la sauce, mélanger, cuire 3 mn à feu doux.

Préchauffer le four à 200 °C. Faire revenir 600 g de pommes de terre coupées en rondelles 15 mn dans 2 c. à s. d'huile d'olive + sel. Ajouter 400 g de blancs de poulet coupés en morceaux, cuire 5 mn. Verser 10 cl de vin blanc, cuire 5 mn. Ajouter 2 yaourts nature + 1 c. à s. de moutarde + sel + poivre, mélanger et cuire 2 mn à feu doux. Répartir le tout dans un plat à gratin, ajouter 40 g de reblochon sur le dessus, enfourner 15 mn.

Rincer et mélanger 300 g de riz complet + 60 cl d'eau + sel, couvrir et cuire 30 mn après ébullition. Faire revenir 250 g de tofu + 1 gousse d'ail hachée + 15 g de gingembre 20 mn avec 4 c. à s. d'huile de sésame. Ajouter 300 g de brocolis coupé + 15 cl d'eau, cuire 10 mn. Couper le feu, ajouter 3 c. à s. de sauce soja + ½ c. à c. de piment, mélanger.

Courses

Pour 4 personnes

○ Courges butternut farcies

2 courges butternut, 250 g d'allumettes de jambon, 100 g de fromage blanc, 40 g de beaufort, 2 oignons, 1 c. à s. d'huile, sel, poivre.

○ Quiche jambon et pommes de terre

1 pâte feuilletée, 400 g de pommes de terre, 100 g d'allumettes de jambon, 1 œuf, 1 yaourt grec, 2 oignons, 1 c. à s. d'huile, 60 g de levure maltée, sel, poivre.

○ Pâtes au jambon et crème de poireaux

250 g de pâtes, 200 g de dés de jambon, 2 blancs de poireaux, 1 oignon rouge, 10 cl de crème de soja, 1 c. à s. d'huile d'olive, 1 c. à c. de paprika, 1 c. à c. de piment doux, sel, poivre.

○ Choux de Bruxelles sucré-salé au four

500 g de choux de Bruxelles, 2 pommes golden, 250 g de semoule, 40 g de feta, 20 g d'amandes, 2 c. à s. d'huile d'olive, 2 c. à s. de miel, 2 c. à s. de vinaigre balsamique, sel, poivre.

○ Wok de crevettes à l'ail

400 g de crevettes, 2 gousses d'ail, 300 g de riz, 200 g de germes de soja, 200 g de champignons, 1 carotte, 1 oignon, 10 g de fécule de maïs, 2 c. à s. d'huile de sésame, 1 c. à s. de sauce soja, 1 c. à c. de miel, sel.

○ Poulet gratiné au reblochon

400 g de blancs de poulet, 40 g de reblochon, 600 g de pommes de terre, 10 cl de vin blanc, 2 yaourts nature, 1 c. à s. de moutarde, 2 c. à s. d'huile d'olive, sel, poivre.

○ Poêlée vegan de tofu et brocolis

300 g de brocolis, 300 g de riz complet, 250 g de tofu, 4 c. à s. d'huile de sésame, 3 c. à s. de sauce soja, 15 g de gingembre frais, 1 gousse d'ail, ½ c. à c. de piment, sel.

Et aussi

JANVIER 2024

Lundi 22 — Saumon aux lentilles vertes épicées
- 10 mn
- 30 mn
- 425 kcal

Mardi 23 — Soupe hivernale
- 15 mn
- 35 mn
- 380 kcal

Mercredi 24 — Œufs brouillés aux navets caramélisés et frites maison
- 15 mn
- 45 mn
- 430 kcal

Jeudi 25 — Spaghettis à la crème, jambon et raisins secs
- 15 mn
- 10 mn
- 450 kcal

Vendredi 26 — Noix de Saint-Jacques sauce citron
- 10 mn
- 30 mn
- 540 kcal

Samedi 27 — Poulet sauce sésame
- 15 mn
- 30 mn
- 30 mn
- 490 kcal

Dimanche 28 — Sauté de veau aux haricots blancs
- 15 mn
- 2 h 15
- 415 kcal

Recettes

Pour 4 personnes

Rincer et cuire 300 g de lentilles vertes + 2 oignons émincés + sel dans 75 cl d'eau froide, 25 mn après ébullition. Ajouter ½ c. à c. de piment + 1 c. à c. de cumin, mélanger. Cuire 400 g de pavés de saumon 6 mn à feu moyen dans 1 c. à s. d'huile d'olive. Dans 4 assiettes, répartir les lentilles égouttées + les saumons et saupoudrer 1 c. à c. de thym + poivre + le jus d'1 citron pressé.

Faire revenir 1 oignon émincé dans 1 c. à s. d'huile. Ajouter 400 g de pommes de terre, 300 g de carottes et 200 g de poireaux coupés en petits dés, faire revenir 5 mn. Ajouter 50 cl d'eau bouillante + 50 cl de lait de soja + 1 c. à s. de bouillon de légumes, laisser mijoter 25 mn. Mixer jusqu'à obtention d'une texture fluide. Ajouter 20 cl de crème de soja + sel + poivre, mélanger, cuire 5 mn. Couper le feu, verser 60 g de levure maltée, mélanger.

Préchauffer le four à 180 °C. Couper 500 g de pommes de terre en frites, les imbiber de 2 c. à s. d'huile + 1 c. à c. de paprika + sel, enfourner 25 mn. Cuire 500 g de navets en morceaux 8 mn dans de l'eau bouillante + sel. Faire revenir les navets égouttés dans 2 c. à s. d'huile, 6 mn à feu moyen. Ajouter 1 c. à s. de miel + 1 c. à s. de sauce soja + poivre, remuer, cuire 5 mn. Ajouter 8 œufs + 1 c. à s. de persil, cuire 3 mn en remuant.

Faire cuire 300 g de spaghettis al dente (selon les indications du paquet). Faire revenir 200 g de dés de jambon dans 1 c. à s. d'huile, 5 mn à feu doux. Ajouter les pâtes égouttées + 20 cl de crème de soja + 50 g de raisins secs + sel + poivre, bien mélanger. Laisser mijoter 5 mn à feu doux. Saupoudrer de 40 g de levure maltée.

Rincer et mélanger 300 g de riz complet + 75 cl d'eau + 1 c. à s. de curcuma + sel, couvrir et cuire 20 mn après ébullition. Sur feu très doux, mélanger 25 cl de crème de soja + le jus et zeste d'1 citron + sel + poivre. Faire revenir 1 oignon dans 1 c. à s. d'huile d'olive, ajouter 400 g de noix de Saint-Jacques, cuire 4 mn à feu moyen. Dans 4 assiettes, répartir le riz, les Saint-Jacques et napper avec la sauce citron.

Rincer 300 g de riz basmati, ajouter 75 cl d'eau + sel, cuire 20 mn après ébullition. Mélanger 400 g de blancs de poulet en morceaux + 3 c. à s. de sauce soja + 1 c. à c. de sirop d'agave + le jus d'1 citron + 1 c. à s. de graines de sésame + poivre, mélanger et laisser mariner 30 mn au frais. Faire revenir le tout 10 mn à feu doux dans 3 c. à s. d'huile de sésame.

Faire revenir dans une grande casserole 1 oignon émincé + 400 g de veau + 2 carottes coupées en morceaux 6 mn à feu fort dans 1 c. à s. d'huile d'olive. Ajouter 3 c. à s. de concentré de tomates + 1 gousse d'ail hachée + 20 cl d'eau + 1 c. à s. d'herbes aromatiques + sel + poivre, laisser mijoter 2 h à feu doux en remuant de temps en temps. Ajouter 800 g de haricots blancs, cuire 10 mn.

Courses

Pour 4 personnes

◯ Saumon aux lentilles vertes épicées

400 g de pavés de saumon, 300 g de lentilles vertes, 2 oignons, 1 c. à s. d'huile d'olive, 1 citron (jus), 1 c. à c. de thym sec, 1 c. à c. de cumin, ½ c. à c. de piment, sel, poivre.

◯ Soupe hivernale

400 g de pommes de terre, 300 g de carottes, 200 g de poireaux, 1 oignon, 50 cl de lait de soja, 20 cl de crème de soja, 60 g de levure maltée, 1 c. à s. de bouillon de légumes, 1 c. à s. d'huile, sel, poivre.

◯ Œufs brouillés aux navets caramélisés et frites maison

8 œufs, 500 g de navets, 500 g de pommes de terre, 4 c. à s. d'huile, 1 c. à s. de miel, 1 c. à s. de sauce soja, 1 c. à s. de persil séché, 1 c. à c. de paprika, sel, poivre.

◯ Spaghettis à la crème, jambon et raisins secs

300 g de spaghettis, 200 g de dés de jambon, 50 g de raisins secs, 20 cl de crème de soja, 1 c. à s. d'huile, 40 g de levure maltée, sel, poivre.

◯ Noix de Saint-Jacques sauce citron

400 g de noix de Saint-Jacques, 300 g de riz complet, 1 citron (jus + zeste), 1 oignon, 25 cl de crème de soja, 1 c. à s. d'huile d'olive, 1 c. à s. de curcuma, sel, poivre.

◯ Poulet sauce sésame

400 g de blancs de poulet, 300 g de riz basmati, 3 c. à s. d'huile de sésame, 3 c. à s. de sauce soja, 1 c. à c. de sirop d'agave, 1 citron (jus), 1 c. à s. de graines de sésame, poivre.

◯ Sauté de veau aux haricots blancs

400 g de sauté de veau, 800 g de haricots blancs cuits, 2 carottes, 1 oignon, 3 c. à s. de concentré de tomates, 1 gousse d'ail, 1 c. à s. d'huile d'olive, 1 c. à s. d'herbes aromatiques, sel, poivre.

13

Et aussi

JANV./FÉV. 2024

Lundi **29**	Tarte de topinambours et mozzarella	10 mn / 40 mn / 420 kcal	
Mardi **30**	Poulet aux châtaignes et 2 oignons	10 mn / 15 mn / 520 kcal	
Mercredi **31**	Purée de potimarron et saucisses de volaille	10 mn / 35 mn / 365 kcal	
Jeudi **1**	Gratin de céleri-rave, jambon et roquefort	20 mn / 25 mn / 390 kcal	
Vendredi **2**	Risotto de chou rouge	15 mn / 35 mn / 370 kcal	
Samedi **3**	Fondue de fenouil et tofu	10 mn / 40 mn / 380 kcal	
Dimanche **4**	Bouillon de bœuf aux légumes	15 mn / 1 h 40 / 430 kcal	

Recettes

Pour 4 personnes

Préchauffer le four à 180 °C. Laver et couper en rondelles 500 g de topinambour. Dans un moule, étaler et piquer la pâte feuilletée. Répartir les rondelles de topinambour + 1 boule de mozzarella coupée en morceaux + sel + poivre. Enfourner 40 mn. Saupoudrer avec 10 g de persil ciselé + 60 g de levure maltée.

Faire revenir 2 oignons jaunes + 2 oignons rouges émincés dans 2 c. à s. d'huile d'olive + 400 g de blancs de poulet coupés en morceaux. Verser 10 cl de vin blanc, cuire 10 mn. Ajouter 200 g de châtaignes cuites + 20 cl de crème de soja + 1 c. à c. de thym + sel + poivre, mélanger, laisser cuire 5 mn à feu moyen.

Dans une poêle, faire cuire 600 g de saucisses de volaille 15 mn avec 1 c. à s. d'huile. Faire cuire 700 g de potimarron lavé, épépiné et coupé en cubes dans 50 cl d'eau + 1 gousse d'ail hachée + sel, 20 mn après ébullition. Égoutter le surplus d'eau, ajouter 1 c. à s. d'huile + 50 cl de lait de soja + 1 c. à c. de piment doux + sel + poivre, mixer jusqu'à obtention d'une texture fluide.

Préchauffer le four à 180 °C. Éplucher et couper 1 céleri-rave en bâtonnets, cuire 10 mn à la vapeur. Faire fondre 40 g de roquefort + 20 cl de crème de soja + poivre à feu doux, bien mélanger, ajouter 100 g de fromage blanc. Dans un plat, répartir les bâtonnets de céleri + 200 g de dés de jambon, verser le mélange au roquefort. Enfourner 15 mn. Saupoudrer 40 g de levure maltée.

Faire revenir 400 g de chou rouge + 2 oignons rouges finement émincés 10 mn dans 2 c. à s. d'huile d'olive. Ajouter 300 g de riz à risotto + 15 cl de vin blanc sur feu vif, cuire 5 mn, bien mélanger. Verser petit à petit 80 cl d'eau chaude mélangée à 1 c. à s. de bouillon de légumes, couvrir, cuire 20 mn. Incorporer 40 g de parmesan + 40 g de levure maltée + poivre, mélanger.

Faire revenir 1 oignon émincé + 1 gousse d'ail hachée dans 2 c. à s. d'huile d'olive. Ajouter 900 g de fenouil et 400 g de tofu ferme coupés en dés + 1 c. à c. de graines de fenouil + sel. Couvrir et laisser mijoter 30 mn à feu moyen. Ajouter 15 cl de crème de soja + 2 c. à s. de moutarde + poivre, mélanger, cuire 8 mn à feu doux.

Dans une casserole, faire bouillir 1 l d'eau. Ajouter 1 c. à s. de bouillon de légumes + 1 oignon haché + 2 poireaux et 4 navets coupés en dés. Cuire 10 mn. Ajouter 200 g de bœuf coupé en morceaux + 1 c. à c. de gingembre + 2 c. à s. de sauce soja + 1 c. à c. de coriandre fraîche hachée + sel + poivre. Laisser mijoter 1 h 30. Couper le feu, ajouter 300 g de vermicelles et servir.

Courses

Pour 4 personnes

◯ Tarte de topinambours et mozzarella

1 pâte feuilletée, 500 g de topinambour, 1 boule de mozzarella, 10 g de persil, 60 g de levure maltée, sel, poivre.

◯ Poulet aux châtaignes et 2 oignons

400 g de blancs de poulet, 2 oignons jaunes, 2 oignons rouges, 200 g de châtaignes cuites, 20 cl de crème de soja, 10 cl de vin blanc, 2 c. à s. d'huile d'olive, 1 c. à c. de thym, sel, poivre.

◯ Purée de potimarron et saucisses de volaille

700 g de potimarron, 600 g de saucisses de volaille, 50 cl de lait de soja, 1 gousse d'ail, 1 c. à s. d'huile, 1 c. à c. de piment doux, sel, poivre.

◯ Gratin de céleri-rave, jambon et roquefort

1 céleri-rave, 200 g de dés de jambon, 40 g de roquefort, 100 g de fromage blanc, 20 cl de crème de soja, 40 g de levure maltée, poivre.

◯ Risotto de chou rouge

300 g de riz à risotto, 400 g de chou rouge, 2 oignons rouges, 40 g de parmesan râpé, 15 cl de vin blanc, 40 g de levure maltée, 2 c. à s. d'huile d'olive, 1 c. à s. de bouillon de légumes, poivre.

◯ Fondue de fenouil et tofu

900 g de fenouil, 400 g de tofu ferme, 15 cl de crème de soja, 1 oignon, 1 gousse d'ail, 2 c. à s. de moutarde, 2 c. à s. d'huile d'olive, 1 c. à c. de graines de fenouil, sel, poivre.

◯ Bouillon de bœuf aux légumes

200 g de bœuf, 2 poireaux, 4 navets, 1 oignon, 300 g de vermicelles, 2 c. à s. de sauce soja, 1 c. à s. de bouillon de légumes, 1 c. à c. de gingembre frais, 1 c. à c. de coriandre fraîche, sel, poivre.

Et aussi

FÉVRIER 2024

Lundi 5 — **Soupe de pommes de terre rôties**
- 15 mn
- 25 mn
- 425 kcal

Mardi 6 — **Daurade à la florentine**
- 20 mn
- 20 mn
- 370 kcal

Mercredi 7 — **Omelette au potimarron**
- 10 mn
- 20 mn
- 400 kcal

Jeudi 8 — **Endives, noix et tempeh caramélisés**
- 10 mn
- 30 mn
- 400 kcal

Vendredi 9 — **Quiche au jambon et brocoli**
- 15 mn
- 35 mn
- 530 kcal

Samedi 10 — **Parmentier de saumon et brocoli**
- 25 mn
- 1 h 05
- 450 kcal

Dimanche 11 — **Poulet aux courges et au chou-fleur**
- 10 mn
- 45 mn
- 445 kcal

Recettes

Pour 4 personnes

Préchauffer le four à 180 °C. Laver et couper 800 g de pommes de terre en morceaux, badigeonner de 2 c. à s. d'huile d'olive + sel, enfourner 20 mn. Dans une casserole, faire revenir 2 oignons et 1 gousse d'ail hachés dans 1 c. à s. d'huile d'olive. Ajouter les pommes de terre rôties + 1,5 l d'eau bouillante, mixer jusqu'à obtention d'une texture fine. Incorporer 20 cl de crème de soja + 1 c. à c. de cumin + sel + poivre, mélanger.

Préchauffer le four à 200 °C. Dans une casserole, faire fondre 10 g d'huile de coco désodorisée, ajouter 10 g de farine, laisser épaissir. Verser 10 cl de lait de soja petit à petit en remuant. Ajouter ½ c. à c. de noix de muscade + sel + poivre, mélanger. Dans un plat, déposer 500 g d'épinards lavés + 10 cl de crème de soja + sel. Ajouter 600 g de daurade puis répartir la sauce béchamel. Parsemer 40 g de comté râpé. Enfourner 20 mn.

Faire cuire 8 mn à la vapeur 600 g de potimarron coupé en dés. Dans une poêle, faire revenir 1 oignon émincé dans 1 c. à s. d'huile, ajouter les dés de potimarron égouttés, cuire 5 mn. Dans un saladier, casser 6 œufs, ajouter 15 cl de crème de soja + 40 g de feta + 40 g de graines de courge + 1 c. à s. de persil séché + sel + poivre. Verser le mélange dans la poêle, cuire 5 mn en remuant fréquemment.

Faire revenir 6 endives coupées en gros morceaux dans 4 c. à s. d'huile d'olive + sel, 15 mn à feu doux. Ajouter 400 g de tempeh coupé en dés, mélanger, cuire 5 mn. Ajouter 2 c. à s. de sirop d'agave, faire caraméliser en remuant 5 mn. Ajouter 4 c. à s. de vinaigre balsamique + 40 g de noix concassées + poivre, mélanger et laisser mijoter 5 mn.

Préchauffer le four à 180 °C. Cuire 200 g de brocoli 6 mn à la vapeur. Faire revenir 1 oignon dans 1 c. à s. d'huile d'olive, ajouter 200 g d'allumettes de jambon, laisser cuire 10 mn à feu moyen. Étaler et piquer 1 pâte feuilletée dans un moule, ajouter le brocoli égoutté + la poêlée + le mélange : 2 œufs + 15 cl de crème de soja + poivre, bien répartir, saupoudrer 30 g de parmesan. Enfourner 20 mn.

Cuire 400 g de pommes de terre, 20 mn après ébullition. Réduire en purée avec 10 cl de lait de soja + sel + poivre. Préchauffer le four à 180 °C. Cuire 8 mn à la vapeur 1 brocoli coupé en morceaux. Faire revenir 1 oignon + 1 gousse d'ail dans 1 c. à s. d'huile, ajouter le brocoli, cuire 5 mn. Dans un plat, mettre 600 g de saumon coupé en dés, le brocoli puis la purée de pommes de terre. Parsemer de 30 g de comté râpé, enfourner 30 mn.

Cuire 500 g de chou-fleur + 500 g de courge coupée en dés, 20 mn après ébullition dans de l'eau salée. Faire revenir 800 g de blancs de poulet coupés en morceaux 10 mn à feu moyen dans 3 c. à s. d'huile d'olive. Ajouter les légumes égouttés + 1 c. à s. de vinaigre balsamique + 2 c. à s. de sauce soja + 1 c. à c. de piment + poivre, mélanger, laisser mijoter 15 mn à feu doux.

Courses

Pour 4 personnes

○ Soupe de pommes de terre rôties

800 g de pommes de terre, 20 cl de crème de soja, 2 oignons, 1 gousse d'ail, 3 c. à s. d'huile d'olive, 1 c. à c. de cumin, sel, poivre.

○ Daurade à la florentine

600 g de daurade, 500 g d'épinards, 40 g de comté râpé, 10 cl de crème de soja, 10 cl de lait de soja, 10 g de farine, 10 g d'huile de coco désodorisée, ½ c. à c. de noix de muscade râpée, sel, poivre.

○ Omelette au potimarron

6 œufs, 600 g de potimarron, 1 oignon, 15 cl de crème de soja, 40 g de feta, 40 g de graines de courge, 1 c. à s. d'huile, 1 c. à s. de persil séché, sel, poivre.

○ Endives, noix et tempeh caramélisés

6 endives, 400 g de tempeh, 40 g de noix, 4 c. à s. d'huile d'olive, 4 c. à s. de vinaigre balsamique, 2 c. à s. de sirop d'agave, sel, poivre.

○ Quiche au jambon et brocoli

1 pâte feuilletée, 200 g d'allumettes de jambon, 200 g de brocoli, 15 cl de crème de soja, 2 œufs, 30 g de parmesan, 1 oignon, 1 c. à s. d'huile d'olive, poivre.

○ Parmentier de saumon et brocoli

600 g de saumon, 400 g de pommes de terre, 1 brocoli, 1 oignon, 1 gousse d'ail, 10 cl de lait de soja, 30 g de comté râpé, 1 c. à s. d'huile, sel, poivre.

○ Poulet aux courges et au chou-fleur

800 g de blancs de poulet, 500 g de courge, 500 g de chou-fleur, 3 c. à s. d'huile d'olive, 2 c. à s. de sauce soja, 1 c. à s. de vinaigre balsamique, 1 c. à c. de piment, sel, poivre.

17

Et aussi

FÉVRIER 2024

Lundi **12**	**Soupe de poulet, lait de coco et curry**	10 mn 25 mn 470 kcal	
Mardi **13**	**Pâtes au jambon et choux de Bruxelles**	15 mn 25 mn 445 kcal	
Mercredi **14**	**Pâtes aux légumes et au jambon**	10 mn 20 mn 450 kcal	
Jeudi **15**	**Soupe de betteraves polonaise**	10 mn 20 mn 390 kcal	
Vendredi **16**	**Riz sauté aux crevettes**	10 mn 30 mn 510 kcal	
Samedi **17**	**Bœuf aux oignons**	10 mn 30 mn 380 kcal	
Dimanche **18**	**Gratin de panais au cheddar**	10 mn 40 mn 380 kcal	

Recettes

Pour 4 personnes

Faire revenir 600 g de poulet coupé en dés + 1 oignon émincé, 10 mn à feu moyen dans 1 c. à s. d'huile de sésame. Faire bouillir 1 l d'eau + 40 cl de lait de coco + 1 c. à s. de bouillon de légumes + 1 c. à s. de gingembre, laisser mijoter 10 mn. Ajouter les dés de poulet + 1 c. à c. de curcuma + 2 c. à s. de curry + 2 c. à s. de coriandre + sel, mélanger et cuire 5 mn.

Cuire 250 g de pâtes al dente (selon les indications du paquet). Cuire 10 mn à la vapeur 400 g de choux de Bruxelles. Faire revenir 1 oignon émincé dans 1 c. à s. d'huile, ajouter 250 g de dés de jambon, cuire 5 mn à feu moyen. Ajouter les choux coupés en 2 + 20 cl de vin blanc, cuire 5 mn. Ajouter les pâtes égouttées + sel + poivre, mélanger, cuire 5 mn à feu doux. Saupoudrer 40 g de gruyère, mélanger le tout.

Faire cuire 300 g de pâtes al dente (selon les indications du paquet). Faire revenir 1 oignon émincé + 2 carottes et 300 g de chou frisé coupés en fines lamelles 10 mn à feu moyen dans 2 c. à s. d'huile d'olive. Ajouter 250 g d'allumettes de jambon, mélanger, cuire 5 mn. Ajouter les pâtes égouttées + 1 c. à s. de sauce soja + ½ c. à c. de piment + sel + poivre, mélanger 5 mn à feu doux.

Cuire 20 mn dans de l'eau salée 600 g de betteraves pelées et coupées en morceaux + 400 g de pommes de terre + 200 g de poireaux coupés en morceaux. Ajouter 1 c. à s. de bouillon de légumes + 20 cl de crème de soja + 1 c. à c. de cumin + sel + poivre, mixer et ajuster avec de l'eau si nécessaire pour obtenir une texture fluide. Saupoudrer 1 c. à s. d'aneth et verser 2 c. à s. d'huile, mélanger.

Cuire 350 g de riz avec 75 cl d'eau + sel, 20 mn après ébullition. Égoutter et laisser refroidir. Dans un wok, faire revenir 1 oignon + 2 gousses d'ail + 1 c. à s. de gingembre haché dans 3 c. à s. d'huile. Ajouter 300 g de crevettes décortiquées + 200 g de chou en fines lamelles, cuire 5 mn à feu vif. Ajouter le riz, casser les 2 œufs tout en remuant, cuire 3 mn à feu moyen. Ajouter 2 c. à s. de sauce soja + 1 c. à c. de miel + 3 c. à c. de tabasco, mélanger 5 mn.

Cuire 150 g de riz 12 mn dans de l'eau bouillante. Faire revenir 5 mn à feu moyen 600 g de bœuf (Rumsteck) coupé en fines lamelles dans 2 c. à s. d'huile de sésame. Ajouter 4 oignons émincés + 2 poireaux coupés en rondelles + sel, cuire 10 mn. Ajouter 10 cl de vin + 2 c. à s. de sauce soja + 1 c. à s. de miel + 20 g de graines de sésame + sel + poivre, mélanger, laisser mijoter 5 mn à feu doux.

Préchauffer le four à 180 °C. Cuire 200 g de pommes de terre et 400 g de panais coupés en rondelles, 20 mn après ébullition dans de l'eau salée. Dans un bol, mélanger 20 cl de crème de soja + 2 gousses d'ail hachées + ½ c. à c. de noix de muscade + sel + poivre. Dans un plat, alterner : rondelles de panais et de pommes de terre, mélange à la crème, cheddar coupé en dés. Enfourner 20 mn. Saupoudrer 40 g de levure maltée.

Courses

Pour 4 personnes

○ Soupe de poulet, lait de coco et curry

600 g de poulet, 40 cl de lait de coco, 1 oignon, 2 c. à s. de coriandre, 2 c. à s. de curry, 1 c. à s. de bouillon de légumes, 1 c. à s. d'huile de sésame, 1 c. à s. de gingembre, 1 c. à c. de curcuma, sel.

○ Pâtes au jambon et choux de Bruxelles

250 g de pâtes, 400 g de choux de Bruxelles, 250 g de dés de jambon, 40 g de gruyère, 1 oignon, 20 cl de vin blanc, 1 c. à s. d'huile, sel, poivre.

○ Pâtes aux légumes et au jambon

300 g de pâtes, 300 g de chou frisé, 2 carottes, 1 oignon, 250 g d'allumettes de jambon, 2 c. à s. d'huile d'olive, 1 c. à s. de sauce soja, ½ c. à c. de piment, sel, poivre.

○ Soupe de betteraves polonaise

600 g de betteraves, 400 g de pommes de terre, 200 g de poireaux, 20 cl de crème de soja, 1 c. à s. de bouillon de légumes, 2 c. à s. d'huile, 1 c. à s. d'aneth haché, 1 c. à c. de cumin, sel, poivre.

○ Riz sauté aux crevettes

350 g de riz, 300 g de crevettes, 200 g de chou frisé, 2 œufs, 1 oignon, 2 gousses d'ail, 3 c. à s. d'huile, 2 c. à s. de sauce soja, 1 c. à s. de gingembre frais, 3 c. à c. de tabasco, 1 c. à c. de miel.

○ Bœuf aux oignons

600 g de bœuf (Rumsteck), 4 oignons, 150 g de riz, 2 poireaux, 20 g de graines de sésame, 10 cl de vin blanc, 2 c. à s. d'huile de sésame, 2 c. à s. de sauce soja, 1 c. à s. de miel, sel, poivre.

○ Gratin de panais au cheddar

400 g de panais, 40 g de cheddar, 200 g de pommes de terre, 2 gousses d'ail, 20 cl de crème de soja, 40 g de levure maltée, ½ c. à c. de noix de muscade râpée, sel, poivre.

Et aussi

FÉVRIER 2024

Lundi
19
Lasagnes thon et épinards
15 mn
25 mn
490 kcal

Mardi
20
Choux de Bruxelles à la moutarde
15 mn
25 mn
375 kcal

Mercredi
21
Velouté de fenouil
15 mn
25 mn
445 kcal

Jeudi
22
Flammekueche au poireau
10 mn
20 mn
480 kcal

Vendredi
23
Carpe au four
15 mn
40 mn
440 kcal

Samedi
24
Curry d'épinards et pois chiches
15 mn
30 mn
420 kcal

Dimanche
25
Poulet et chou-fleur Tikka masala
15 mn
25 mn
1 h
440 kcal

Recettes

Pour 4 personnes

Précuire 12 feuilles de lasagnes (selon les indications du paquet). Préchauffer le four à 180 °C. Laver et hacher 500 g d'épinards. Mélanger 40 g de chèvre + 20 cl de crème de soja + 280 g de thon au naturel émietté + sel + poivre. Dans un plat, déposer 4 feuilles de lasagnes, ajouter la moitié du mélange au thon + la moitié des épinards, renouveler l'opération 2 fois et finir avec 4 feuilles de lasagnes. Enfourner 25 mn. Saupoudrer 40 g de levure maltée.

Cuire 400 g de choux de Bruxelles, 5 mn dans de l'eau bouillante salée, égoutter et les couper en 2. Faire revenir 2 échalotes émincées + 1 gousse d'ail hachée 5 mn dans 1 c. à s. d'huile. Ajouter les choux de Bruxelles + 400 g de dés de jambon, cuire 5 mn. Verser 20 cl de crème de soja + 2 c. à s. de moutarde + sel + poivre, laisser mijoter 10 mn à feu doux. Saupoudrer 10 g de persil haché, mélanger.

Préchauffer le four à 200 °C. Couper 900 g de fenouil + 400 g de pommes de terre, badigeonner avec 3 c. à s. d'huile + sel, enfourner 20 mn. Dans une grande casserole, faire revenir 1 oignon avec 1 c. à s. d'huile, ajouter les légumes + 1,5 l d'eau + 1 c. à s. de bouillon de légumes + sel + poivre. Mixer le tout, ajouter 20 cl de crème de soja + 20 g de graines de sésame + 1 c. à c. de graines de fenouil, mélanger, cuire 5 mn à feu doux.

Préchauffer le four à 180 °C. Faire revenir 1 oignon émincé + 1 gousse d'ail hachée + 1 poireau coupé en fines lamelles 5 mn dans 1 c. à s. d'huile + sel. Ajouter 200 g d'allumettes de jambon, continuer la cuisson 5 mn. Dans un moule, étaler et piquer 1 pâte à pizza, badigeonner 20 cl de crème de soja, puis la poêlée. Saupoudrer 40 g de gruyère + poivre. Enfourner 10 mn.

Rincer 350 g de riz, ajouter 75 cl d'eau + sel, cuire 20 mn après ébullition. Préchauffer le four à 180 °C. Faire revenir 2 oignons émincés + 1 poireau coupé en rondelles + sel dans 2 c. à s. d'huile d'olive pendant 5 mn. Dans un plat, déposer 600 g de carpe vidée et écaillée, ajouter la poêlée, saupoudrer de poivre + le jus d'1 citron. Enfourner 15 mn.

Cuire le riz 12 mn dans de l'eau bouillante. Cuire 4 œufs dans de l'eau bouillante 9 mn. Rincer et réserver. Faire revenir 1 oignon émincé dans 2 c. à s. d'huile. Ajouter 25 cl de crème de coco + 1 c. à s. de moutarde + 20 cl d'eau + 1 c. à s. de bouillon de légumes + 2 c. à s. de curry + sel + poivre, mélanger, cuire 10 mn à feu doux. Ajouter 300 g de pois chiches cuits + 500 g d'épinards + le jus d'1 citron, cuire 10 mn à feu doux. Écaler et couper les œufs en 4, les ajouter au curry, mélanger.

Mélanger 600 g de poulet en dés + 400 g de chou-fleur dans 200 g de yaourt grec + 2 c. à c. de curcuma + 2 c. à c. de garam masala + 1 c. à c. de cumin + sel, laisser reposer 1 h au frais. Préchauffer le four à 200 °C. Faire revenir 2 oignons émincés + 2 gousses d'ail + 15 g de gingembre haché dans 1 c. à s. d'huile, cuire 5 mn. Ajouter le mélange poulet + 30 cl de coulis de tomates + sel, cuire à feu doux 5 mn. Verser le tout dans un plat, enfourner 15 mn.

Courses

Pour 4 personnes

◯ Lasagnes thon et épinards

12 feuilles de lasagnes, 280 g de thon au naturel, 500 g d'épinards, 40 g de chèvre, 20 cl de crème de soja, 40 g de levure maltée, sel, poivre.

◯ Choux de Bruxelles à la moutarde

400 g de choux de Bruxelles, 2 c. à s. de moutarde, 400 g de dés de jambon, 2 échalotes, 1 gousse d'ail, 20 cl de crème de soja, 10 g de persil, 1 c. à s. d'huile, sel, poivre.

◯ Velouté de fenouil

900 g de fenouil, 400 g de pommes de terre, 1 oignon, 1 c. à s. de bouillon de légumes, 20 cl de crème de soja, 4 c. à s. d'huile, 20 g de graines de sésame, 1 c. à c. de graines de fenouil, sel, poivre.

◯ Flammekueche au poireau

1 pâte à pizza, 1 poireau, 200 g d'allumettes de jambon, 1 oignon, 1 gousse d'ail, 20 cl de crème de soja, 40 g de gruyère, 1 c. à s. d'huile, sel, poivre.

◯ Carpe au four

600 g de carpe, 350 g de riz basmati, 1 poireau, 2 oignons, 1 citron (jus), 2 c. à s. d'huile d'olive, sel, poivre.

◯ Curry d'épinards et pois chiches

500 g d'épinards, 300 g de pois chiches cuits, 4 œufs, 150 g de riz, 1 oignon, 25 cl de crème de coco, 2 c. à s. de curry, 1 c. à s. de moutarde, 1 c. à s. de bouillon de légumes, 2 c. à s. d'huile, 1 citron, sel, poivre.

◯ Poulet et chou-fleur Tikka masala

600 g de poulet, 400 g de chou-fleur, 200 g de yaourt grec, 2 oignons, 2 gousses d'ail, 30 cl de coulis de tomates, 2 c. à c. de curcuma, 2 c. à c. de garam masala, 1 c. à c. de cumin, 15 g de gingembre, 1 c. à s. d'huile, sel.

Et aussi

FÉV./MARS 2024

Lundi **26**	Moules à l'ail et frites au four	15 mn 20 mn 400 kcal	
Mardi **27**	Ragoût de bœuf	15 mn 55 mn 455 kcal	
Mercredi **28**	Quiche au poulet, feta et épinards	10 mn 35 mn 560 kcal	
Jeudi **29**	Spaghettis au chou kale et lait de coco	20 mn 15 mn 450 kcal	
Vendredi **1**	Soupe de lentilles et épinards	15 mn 35 mn 410 kcal	
Samedi **2**	Quiche aux endives et volaille	15 mn 50 mn 590 kcal	
Dimanche **3**	Saumon sauce teriyaki	10 mn 25 mn 1 h 530 kcal	

Recettes

Pour 4 personnes

Préchauffer le four à 180 °C. Laver et couper 400 g de pommes de terre en bâtonnets, imbiber du mélange : 2 c. à s. d'huile + 1 c. à s. d'origan + sel + poivre. Recouvrir avec 1 c. à s. de farine, enfourner 20 mn. Dans une cocotte, faire revenir 4 oignons et 4 gousses d'ail hachés dans 2 c. à s. d'huile, ajouter 4 kg de moules lavées + 20 cl de vin blanc + 40 cl de crème de soja + sel + poivre. Laisser mijoter jusqu'à ouverture des moules.

Dans une grande casserole, faire revenir 750 g de bœuf coupé en morceaux 5 mn dans 2 c. à s. d'huile. Ajouter 2 oignons émincés + sel + poivre, cuire 5 mn. Ajouter 50 cl d'eau + 1 c. à s. de bouillon de légumes, laisser mijoter 15 mn à feu doux. Ajouter 400 g de pommes de terre + 2 carottes coupées en morceaux + 70 g de concentré de tomates, cuire 30 mn.

Préchauffer le four à 180 °C. Faire revenir 200 g de blancs de poulet coupés en morceaux 6 mn dans 1 c. à s. d'huile. Dans un moule, étaler et piquer 1 pâte feuilletée, y déposer le poulet + 40 g de feta émiettée + 400 g d'épinards lavés. Verser le mélange : 3 œufs + 15 cl de lait de soja + 15 cl de crème de soja + 1 c. à s. de curry + ½ c. à c. de piment + sel + poivre. Enfourner 30 mn.

Cuire 300 g de spaghettis al dente (selon les indications du paquet). Faire revenir 1 oignon émincé + 2 gousses d'ail hachées 5 mn dans 1 c. à s. d'huile d'olive. Ajouter 400 g de chou kale haché (retirer la tige) + sel, cuire 4 mn. À feu doux, verser 15 cl de lait de coco + 1 c. à c. de curry + ½ c. à c. de piment + sel + poivre, mélanger. Ajouter les spaghettis égouttés + 2 c. à s. d'eau de cuisson, mélanger, cuire 3 mn. Saupoudrer 40 g de parmesan.

Dans une grande casserole, faire revenir 1 oignon émincé + 1 gousse d'ail hachée 5 mn dans 2 c. à s. d'huile. Faire bouillir 1 c. à s. de bouillon de légumes dans 2,5 l d'eau. Ajouter 500 g de lentilles vertes, cuire 20 mn. Ajouter 400 g d'épinards lavés + 1 c. à c. de cumin + 1 c. à c. de coriandre en poudre + sel + poivre, mélanger, cuire 10 mn.

Préchauffer le four à 180 °C. Dans une poêle, faire revenir 5 endives coupées en morceaux + 1 oignon émincé + 1 gousse d'ail hachée dans 1 c. à s. d'huile. Ajouter 150 g de lardons de volaille, cuire 8 mn. Dans un moule, étaler et piquer 1 pâte feuilletée, verser la préparation et ajouter le mélange : 2 œufs + 20 cl de crème de soja + ½ c. à c. de noix de muscade + sel + poivre. Enfourner 40 mn. Saupoudrer 40 g de levure maltée.

Mélanger 400 g de saumon cru coupé en dés + 2 gousses d'ail + 10 g de gingembre haché + 10 cl de vin blanc + 3 c. à s. de sauce soja + 1 c. à s. de sirop d'agave + poivre, laisser mariner 1 h. Rincer 350 g de riz, ajouter 75 cl d'eau + sel, cuire 20 mn après ébullition. Faire revenir la marinade de saumon dans 1 c. à s. d'huile de sésame, mélanger 6 mn à feu vif.

Courses

Pour 4 personnes

○ Moules à l'ail et frites au four

4 kg de moules, 400 g de pommes de terre, 4 gousses d'ail, 4 oignons, 20 cl de vin blanc, 40 cl de crème de soja, 4 c. à s. d'huile, 1 c. à s. d'origan, 1 c. à s. de farine, sel, poivre.

○ Ragoût de bœuf

750 g de bœuf, 400 g de pommes de terre, 2 carottes, 2 oignons, 70 g de concentré de tomates, 1 c. à s. de bouillon de légumes, 2 c. à s. d'huile, sel, poivre.

○ Quiche au poulet, feta et épinards

1 pâte feuilletée, 200 g de blancs de poulet, 40 g de feta, 400 g d'épinards, 3 œufs, 15 cl de lait de soja, 15 cl de crème de soja, 1 c. à s. d'huile, 1 c. à s. de curry, ½ c. à c. de piment, sel, poivre.

○ Spaghettis au chou kale et lait de coco

300 g de spaghettis, 400 g de chou kale, 15 cl de lait de coco, 1 oignon, 2 gousses d'ail, 40 g de parmesan, 1 c. à s. d'huile d'olive, 1 c. à c. de curry, ½ c. à c. de piment, sel, poivre.

○ Soupe de lentilles et épinards

500 g de lentilles vertes, 400 g d'épinards, 1 oignon, 1 gousse d'ail, 2 c. à s. d'huile, 1 c. à s. de bouillon de légumes, 1 c. à c. de cumin, 1 c. à c. de coriandre en poudre, sel, poivre.

○ Quiche aux endives et volaille

1 pâte feuilletée, 5 endives, 150 g de lardons de volaille, 2 œufs, 20 cl de crème de soja, 1 oignon, 1 gousse d'ail, 1 c. à s. d'huile, ½ c. à c. de noix de muscade, 40 g de levure maltée, sel, poivre.

○ Saumon sauce teriyaki

400 g de saumon cru, 350 g de riz basmati, 2 gousses d'ail, 10 cl de vin blanc, 10 g de gingembre, 3 c. à s. de sauce soja, 1 c. à s. de sirop d'agave, 1 c. à s. d'huile de sésame, sel, poivre.

Et aussi

MARS 2024

Lundi **4**

Veau à l'orange et légumes de saison

15 mn
30 mn
390 kcal

Mardi **5**

Parmentier de canard et patates douces

20 mn
35 mn
570 kcal

Mercredi **6**

Œufs brouillés et chou kale

15 mn
15 mn
385 kcal

Jeudi **7**

Céleri-rave et tofu rôti à l'ail

10 mn
40 mn
410 kcal

Vendredi **8**

Soupe au chou rouge et au jambon

15 mn
30 mn
390 kcal

Samedi **9**

Porc au caramel et purée maison

20 mn
40 mn
470 kcal

Dimanche **10**

Tarte rutabaga, chèvre et miel

10 mn
40 mn
425 kcal

Recettes

Pour 4 personnes

Faire revenir 600 g de veau coupé en morceaux + 2 oignons émincés 5 mn à feu vif dans 2 c. à s. d'huile. Ajouter 400 g de poireaux + 2 carottes + 200 g de céleri-branche coupé en fines lamelles, cuire 15 mn. Ajouter le jus et zeste d'1 orange + sel + poivre + 10 g de persil haché, mélanger, laisser mijoter 10 mn à feu doux.

Préchauffer le four à 200 °C. Cuire 800 g de patates douces coupées en dés dans de l'eau salée, 15 mn après ébullition. Égoutter et réduire en purée en ajoutant 15 cl de lait de soja + 2 c. à s. d'huile + sel + poivre. Émietter et dégraisser 600 g de cuisses de canard, les déposer dans un plat + 1 oignon et 10 g de persil hachés. Recouvrir avec la purée de patates douces, enfourner 20 mn. Saupoudrer 40 g de levure maltée.

Faire revenir 2 oignons émincés + 500 g de chou kale haché et équeuté 10 mn dans 4 c. à s. d'huile de sésame. Ajouter les 8 œufs + 20 cl de lait de soja + 2 c. à s. de sauce soja + poivre, mélanger rapidement sur feu moyen 5 mn. Parsemer 30 g de graines de sésame.

Préchauffer le four à 180 °C. Laver et couper le céleri-rave en cubes, mélanger avec 600 g de tofu ferme émietté + 250 g de yaourt grec + 4 gousses d'ail écrasées + 3 c. à s. d'huile d'olive + sel + poivre. Verser le tout dans un plat. Enfourner 40 mn.

Dans une grande casserole, faire revenir 2 oignons + 600 g de chou rouge coupé en fines lamelles 8 mn dans 3 c. à s. d'huile d'olive + sel. Ajouter 1,5 l d'eau, laisser bouillir et cuire 15 mn. Ajouter 20 cl de crème de soja + 1 c. à s. de bouillon de légumes + sel + poivre, mixer jusqu'à obtention d'une texture lisse. Faire revenir 250 g d'allumettes de jambon 5 mn à feu vif, les ajouter à la soupe et mélanger.

Cuire 400 g de pommes de terre dans de l'eau salée, 20 mn après ébullition, égoutter et réduire en purée avec 20 cl de crème de soja + ½ c. à c. de noix de muscade + sel. Faire revenir 1 oignon + 1 gousse d'ail hachée + 400 g de filet de porc coupé en morceaux 5 mn à feu vif dans 1 c. à s. d'huile. Ajouter 3 c. à s. de sauce soja + 2 c. à s. de miel + 8 cl d'eau + sel + poivre, bien mélanger et laisser mijoter 15 mn à feu doux.

Préchauffer le four à 180 °C. Cuire 800 g de rutabaga coupé en tranches dans de l'eau salée, 10 mn après ébullition. Dans un saladier, mélanger : 1 yaourt nature + 1 c. à c. de sauce soja + 2 c. à s. d'huile + 1 c. à s. de miel + sel + poivre + le rutabaga égoutté. Dans un moule, étaler et piquer 1 pâte brisée, y verser le contenu du saladier. Déposer 40 g de bûche de chèvre coupée en tranches et saupoudrer 1 c. à c. de thym. Enfourner 30 mn.

Courses

Pour 4 personnes

◯ Veau à l'orange et légumes de saison

600 g de veau, 400 g de poireaux, 2 carottes, 200 g de céleri-branche, 2 oignons, 1 orange (jus + zeste), 10 g de persil, 2 c. à s. d'huile, sel, poivre.

◯ Parmentier de canard et patates douces

600 g de cuisses de canard, 800 g de patates douces, 1 oignon, 15 cl de lait de soja, 2 c. à s. d'huile, 40 g de levure maltée, 10 g de persil, sel, poivre.

◯ Œufs brouillés et chou kale

8 œufs, 500 g de chou kale, 2 oignons, 20 cl de lait de soja, 30 g de graines de sésame, 4 c. à s. d'huile de sésame, 2 c. à s. de sauce soja, poivre.

◯ Céleri-rave et tofu rôti à l'ail

1 céleri-rave, 600 g de tofu ferme, 4 gousses d'ail, 250 g de yaourt grec, 3 c. à s. d'huile d'olive, sel, poivre.

◯ Soupe au chou rouge et au jambon

600 g de chou rouge, 250 g d'allumettes de jambon, 2 oignons, 3 c. à s. d'huile d'olive, 20 cl de crème de soja, 1 c. à s. de bouillon de légumes, sel, poivre.

◯ Porc au caramel et purée maison

400 g de filet de porc, 400 g de pommes de terre, 20 cl de crème de soja, 1 oignon, 1 gousse d'ail, 1 c. à s. d'huile, 3 c. à s. de sauce soja, 2 c. à s. de miel, ½ c. à c. noix de muscade, sel, poivre.

◯ Tarte rutabaga, chèvre et miel

1 pâte brisée, 800 g de rutabaga, 40 g de bûche de chèvre, 1 c. à s. de miel, 1 yaourt nature, 2 c. à s. d'huile, 1 c. à c. de sauce soja, 1 c. à c. de thym sec, sel, poivre.

Et aussi

MARS

2024

Lundi **11**	Merlu et riz sauce persillée	10 mn / 35 mn	465 kcal
Mardi **12**	Nouilles sautées aux sardines	15 mn / 15 mn	460 kcal
Mercredi **13**	Pâtes aux crevettes sauce curry	10 mn / 15 mn	520 kcal
Jeudi **14**	Flan d'artichaut et de jambon	15 mn / 40 mn	390 kcal
Vendredi **15**	Tarte de patates douces et de volaille	15 mn / 50 mn	600 kcal
Samedi **16**	Curry d'agneau au lait de coco	15 mn / 1 h	495 kcal
Dimanche **17**	Pot-au-feu de dinde	15 mn / 1 h 40	400 kcal

Recettes

Pour 4 personnes

Rincer 350 g de riz, ajouter 75 cl d'eau + sel, cuire 20 mn après ébullition. Égoutter et laisser refroidir. Faire revenir 4 filets de merlu 5 mn dans 1 c. à s. d'huile d'olive + sel. Dans une autre poêle, faire revenir 2 gousses d'ail hachées + 15 g de persil haché + sel + poivre 5 mn dans 3 c. à s. d'huile d'olive. Ajouter le riz + le jus d'1 citron et mélanger rapidement sur feu vif 5 mn.

Faire cuire 250 g de spaghettis (selon les indications du paquet). Dans un wok, faire revenir 1 oignon et 1 poireau émincés + 2 carottes coupées en fines lamelles dans 3 c. à s. d'huile d'olive 5 mn à feu vif. Ajouter les spaghettis égouttés + 450 g de filets de sardines coupées en morceaux + 2 c. à s. d'eau de cuisson des pâtes, mélanger rapidement 5 mn. Verser 2 c. à s. de sauce soja + le jus d'1 citron + sel + poivre, mélanger 5 mn sur feu doux.

Faire cuire 300 g de pâtes (selon les indications du paquet). Faire revenir 400 g de crevettes décortiquées + 2 gousses d'ail hachées 5 mn dans 1 c. à s. d'huile. Égoutter les pâtes, ajouter les crevettes + 15 cl de crème de soja + 1 c. à s. de curry + ½ c. à c. de curcuma + sel + poivre, mélanger, cuire 5 mn à feu doux.

Préchauffer le four à 180 °C. Arracher la queue et les feuilles de 4 artichauts, récupérer les cœurs, les faire revenir dans 2 c. à s. d'huile d'olive + 250 g de dés de jambon + 2 oignons + 2 gousses d'ail hachées + 10 cl de vin blanc, 10 mn à feu moyen. Dans un plat, déposer la poêlée, recouvrir du mélange : 4 œufs + 10 cl de lait de soja + 40 g de gruyère + 5 g de persil haché + sel + poivre. Enfourner 30 mn. Saupoudrer 40 g de levure maltée.

Préchauffer le four à 180 °C. Faire revenir 400 g de patates douces coupées en fines rondelles + 150 g d'allumettes de volaille + 1 oignon émincé 10 mn dans 2 c. à s. d'huile. Dans un moule, étaler et piquer 1 pâte à pizza, y déposer la poêlée et recouvrir du mélange : 3 œufs + 15 cl de crème de soja + 1 c. à c. de cumin + 1 c. à c. de paprika + sel + poivre, saupoudrer 40 g de comté râpé. Enfourner 40 mn.

Cuire 2 carottes coupées en rondelles dans de l'eau salée, 15 mn après ébullition. Faire revenir 400 g d'agneau coupé en morceaux + 2 oignons et 2 gousses d'ail hachés 5 mn dans 2 c. à s. d'huile. Ajouter les carottes égouttées + 10 cl d'eau + 15 g de gingembre haché + 25 cl de lait de coco + 1 c. à s. de curry + 1 c. à c. de curcuma + sel + poivre, laisser mijoter 40 mn. Ajouter 5 g de coriandre fraîche hachée, mélanger.

Dans une grande casserole, faire revenir 600 g de dinde coupée en morceaux + 1 oignon émincé 8 mn dans 2 c. à s. d'huile. Recouvrir d'eau + 1 c. à s. de bouillon de légumes, faire bouillir et ajouter 1 poireau + 300 g de pommes de terre + 1 navet + 2 carottes coupés en cubes + ½ c. à c. de noix de muscade + 1 c. à c. de coriandre moulue + sel + poivre. Laisser mijoter 1 h 30 à feu doux.

Courses

Pour 4 personnes

○ Merlu et riz sauce persillée

4 filets de merlu, 350 g de riz basmati, 15 g de persil, 2 gousses d'ail, 1 citron (jus), 4 c. à s. d'huile d'olive, sel, poivre.

○ Nouilles sautées aux sardines

250 g de spaghettis, 450 g de filets de sardines vidées, 2 carottes, 1 poireau, 1 oignon, 1 citron (jus), 3 c. à s. d'huile d'olive, 2 c. à s. de sauce soja, sel, poivre.

○ Pâtes aux crevettes sauce curry

300 g de pâtes, 400 g de crevettes, 2 gousses d'ail, 15 cl de crème de soja, 1 c. à s. de curry, ½ c. à c. de curcuma, 1 c. à s. d'huile, sel, poivre.

○ Flan d'artichaut et de jambon

4 artichauts, 250 g de dés de jambon, 4 œufs, 10 cl de lait de soja, 10 cl de vin blanc, 2 oignons, 2 gousses d'ail, 40 g de gruyère, 5 g de persil, 2 c. à s. d'huile d'olive, 40 g de levure maltée, sel, poivre.

○ Tarte de patates douces et de volaille

1 pâte à pizza, 400 g de patates douces, 150 g d'allumettes de volaille, 3 œufs, 40 g de comté râpé, 15 cl de crème de soja, 1 oignon, 2 c. à s. d'huile, 1 c. à c. de cumin, 1 c. à c. de paprika, sel, poivre.

○ Curry d'agneau au lait de coco

400 g d'agneau, 25 cl de lait de coco, 2 carottes, 2 oignons, 2 gousses d'ail, 2 c. à s. d'huile, 1 c. à s. de curry, 1 c. à c. de curcuma, 15 g de gingembre, 5 g de coriandre fraîche, sel, poivre.

○ Pot-au-feu de dinde

600 g de dinde, 1 poireau, 300 g de pommes de terre, 2 carottes, 1 navet, 1 oignon, 2 c. à s. d'huile, 1 c. à s. de bouillon de légumes, 1 c. à c. de coriandre moulue, ½ c. à c. de noix de muscade, sel, poivre.

Et aussi

MARS

2024

Lundi **18**

Soupe de céleri aux pommes et graines

20 mn · 30 mn · 390 kcal

Mardi **19**

Crumble de saumon aux poireaux

15 mn · 40 mn · 530 kcal

Mercredi **20**

Riz frit aux cacahuètes

15 mn · 45 mn · 410 kcal

Jeudi **21**

Bœuf haché au cumin et riz noir

20 mn · 50 mn · 390 kcal

Vendredi **22**

Blanquette de cabillaud

10 mn · 35 mn · 380 kcal

Samedi **23**

Gratin d'artichauts au jambon

15 mn · 50 mn · 400 kcal

Dimanche **24**

Poulet sucré-salé aux quatre épices

15 mn · 1 h 30 · 470 kcal

Recettes

Pour 4 personnes

Préchauffer le four à 180 °C. Couper 1 céleri-rave en morceaux, imbiber de 2 c. à s. d'huile + sel, enfourner 20 mn. Dans une casserole, faire revenir 2 oignons + 4 pommes en dés 10 mn dans 1 c. à s. d'huile + sel. Ajouter 1,5 l d'eau bouillante + 25 cl de lait de soja + 1 c. à s. de bouillon de légumes + le céleri + sel + poivre. Mixer pour obtenir une texture fluide. Ajouter 40 g de noisettes concassées + 40 g de graines de courge, mélanger.

Préchauffer le four à 180 °C. Faire revenir 3 poireaux coupés en rondelles + 1 gousse d'ail hachée 6 mn dans 1 c. à s. d'huile. Ajouter 20 cl de crème de soja + 10 g de persil haché + sel + poivre, cuire 5 mn à feu doux. Dans un bol, mélanger avec les doigts : 100 g de farine + 60 g d'huile de coco désodorisée (molle) + 30 g de parmesan. Dans un plat, déposer 400 g de saumon fumé, la préparation aux poireaux, parsemer de pâte à crumble. Enfourner 30 mn.

Rincer 350 g de riz, ajouter 75 cl d'eau + sel, cuire 20 mn après ébullition. Égoutter et laisser refroidir. Dans un wok, faire revenir 2 oignons émincés + 1 gousse d'ail hachée + 2 carottes en rondelles + 200 g de chou frisé coupé en fines lamelles 15 mn dans 3 c. à s. d'huile d'arachide. Ajouter 40 g de cacahuètes, mélanger, cuire 5 mn. Ajouter le riz + 2 c. à s. de sauce soja + 2 œufs + 1 c. à c. de piment doux + poivre, cuire 5 mn en mélangeant rapidement.

Rincer et cuire 250 g de riz noir 30 mn dans 50 cl d'eau salée. Faire revenir 400 g de bœuf haché + 1 poireau coupé en rondelles + 2 oignons rouges émincés + 2 gousses d'ail hachées dans 1 c. à s. d'huile, 10 mn à feu moyen. Ajouter 10 g de persil haché + 1 c. à c. de cumin + sel + poivre, mélanger, laisser mijoter 10 mn à feu doux. Mélanger le tout au riz noir égoutté.

Faire revenir 2 oignons émincés + 2 carottes + 2 poireaux coupés en fines rondelles 15 mn dans 2 c. à s. d'huile d'olive. Ajouter 20 cl de vin blanc + 10 cl de crème de soja + 10 cl de lait de soja + sel + poivre, mélanger, cuire 5 mn. Ajouter 800 g de cabillaud vidé et coupé en morceaux, mélanger, couvrir et laisser mijoter 15 mn à feu doux.

Cuire 400 g de pommes de terre dans de l'eau salée, 20 mn après ébullition. Préchauffer le four à 180 °C. Récupérer les cœurs de 10 artichauts. Dans un plat, alterner rondelles de pommes de terre et cœurs d'artichauts, recouvrir du mélange : 3 œufs + 20 cl de lait de soja + 250 g d'allumettes de jambon + 1 oignon + 5 g de persil haché + ½ c. à c. de cumin + sel + poivre, bien répartir, saupoudrer 40 g de gruyère râpé. Enfourner 30 mn.

Cuire 2 carottes + 600 g de pommes de terre coupées en morceaux dans de l'eau salée, 20 mn après ébullition. Faire revenir 1 oignon + 4 cuisses de poulet 10 mn dans 1 c. à s. d'huile. Ajouter les légumes égouttés + 20 cl d'eau + 1 c. à s. de 4-épices + 1 c. à s. de miel + 50 g d'abricots secs coupés en dés + 50 g de raisins secs + sel + poivre, mélanger, laisser mijoter 1 h à feu doux.

Courses

Pour 4 personnes

○ Soupe de céleri aux pommes et graines

1 céleri-rave, 4 pommes, 40 g de graines de courge, 40 g de noisettes, 2 oignons, 25 cl de lait de soja, 3 c. à s. d'huile d'olive, 1 c. à s. de bouillon de légumes, sel, poivre.

○ Crumble de saumon aux poireaux

400 g de saumon fumé, 3 poireaux, 60 g d'huile de coco désodorisée (molle), 100 g de farine, 30 g de parmesan, 1 gousse d'ail, 20 cl de crème de soja, 10 g de persil, 1 c. à s. d'huile, sel, poivre.

○ Riz frit aux cacahuètes

350 g de riz basmati, 40 g de cacahuètes, 2 œufs, 200 g de chou frisé, 2 carottes, 2 oignons, 1 gousse d'ail, 3 c. à s. d'huile d'arachide, 2 c. à s. de sauce soja, 1 c. à c. de piment doux, poivre.

○ Bœuf haché au cumin et riz noir

400 g de bœuf haché, 250 g de riz noir, 1 poireau, 2 oignons rouges, 2 gousses d'ail, 1 c. à s. d'huile, 1 c. à c. de cumin en poudre, 10 g de persil, sel, poivre.

○ Blanquette de cabillaud

800 g de cabillaud vidé, 2 carottes, 2 poireaux, 2 oignons, 20 cl de vin blanc, 10 cl de crème de soja, 10 cl de lait de soja, 2 c. à s. d'huile d'olive, sel, poivre.

○ Gratin d'artichauts au jambon

10 artichauts, 250 g d'allumettes de jambon, 400 g de pommes de terre, 1 oignon, 3 œufs, 40 g de gruyère, 20 cl de lait de soja, ½ c. à c. de cumin, 5 g de persil, sel, poivre.

○ Poulet sucré-salé aux quatre épices

4 cuisses de poulet, 1 c. à s. de 4-épices, 2 carottes, 600 g de pommes de terre, 1 oignon, 50 g d'abricots secs, 50 g de raisins secs, 1 c. à s. d'huile, 1 c. à s. de miel, sel, poivre.

Et aussi

MARS

2024

Lundi 25

Tarte au chou rouge et chèvre

15 mn
25 mn
385 kcal

Mardi 26

Semoule aux noix de Saint-Jacques

10 mn
5 mn
1 h
520 kcal

Mercredi 27

Velouté de chou-fleur et noix de cajou

20 mn
20 mn
410 kcal

Jeudi 28

Omelette au jambon et au céleri-branche

10 mn
25 mn
490 kcal

Vendredi 29

Saucisses de dinde au chou

15 mn
35 mn
430 kcal

Samedi 30

Lasagnes de poulet aux légumes

20 mn
50 mn
455 kcal

Dimanche 31 Férié

Pâques

Sauté de veau et patates douces

10 mn
1 h 05
450 kcal

Recettes

Pour 4 personnes

Préchauffer le four à 180 °C. Faire revenir 2 oignons rouges + 200 g de chou rouge 5 mn dans 1 c. à s. d'huile. Dans un moule, étaler et piquer 1 pâte à pizza, y répartir le mélange : 15 cl de crème de soja + 2 c. à s. de moutarde + sel + poivre. Ajouter la poêlée et déposer 40 g de bûche de chèvre coupée en tranches sur le dessus. Enfourner 20 mn. Saupoudrer 40 g de levure maltée.

Dans un bol, mélanger 12 noix de Saint-Jacques + le jus d'1 citron + 2 c. à s. d'huile d'olive + 1 c. à s. de sauce soja + 1 c. à s. de miel + sel + poivre, laisser reposer 1 h au frais. Dans un saladier, déposer 400 g de semoule + sel, verser 70 cl d'eau bouillante, couvrir et laisser gonfler. Ajouter 1 c. à s. d'huile d'olive, mélanger. Faire revenir la marinade de noix de Saint-Jacques 4 mn dans une poêle. Servir avec la semoule.

Dans un bol, verser 100 g de noix de cajou et recouvrir d'eau bouillante, laisser reposer. Préchauffer le four à 180 °C. Laver et couper le chou-fleur, badigeonner de 2 c. à s. d'huile + sel, enfourner 15 mn. Dans une grande casserole, faire revenir 2 oignons émincés dans 1 c. à s. d'huile. Ajouter le chou-fleur + 50 cl d'eau + 1 l de lait de soja, faire bouillir. Ajouter les noix de cajou égouttées + 1 c. à c. de cumin + sel + poivre, mixer pour obtenir une texture lisse.

Laver et couper 300 g de céleri-branche en morceaux, cuire 5 mn dans de l'eau bouillante salée. Dans une poêle, faire revenir 1 oignon + 2 gousses d'ail hachées + le céleri égoutté 10 mn dans 2 c. à s. d'huile. Ajouter 300 g de dés de jambon, cuire 5 mn. Ajouter le mélange : 8 œufs + 5 g de persil haché + ½ c. à c. de coriandre moulue + ½ c. à c. de cumin + sel + poivre. Mélanger énergiquement et cuire pendant 5 mn. Saupoudrer 40 g de levure maltée.

Faire revenir 1 chou blanc + 2 carottes + 400 g de pommes de terre coupés en fines lamelles 15 mn dans 2 c. à s. d'huile + sel. Ajouter 1 oignon émincé + 1 gousse d'ail hachée, cuire 5 mn. Verser 15 cl de vin blanc + 1 c. à c. de coriandre + 1 c. à c. de thym + sel + poivre, mélanger, cuire 5 mn à feu doux. Ajouter 600 g de saucisses de dinde coupées en rondelles, cuire 10 mn.

Précuire 12 feuilles de lasagnes (selon les indications du paquet). Faire revenir 2 carottes coupées en rondelles + 1 oignon émincé 10 mn dans 1 c. à s. d'huile. Ajouter 400 g de poulet coupé en dés, cuire 8 mn. Ajouter 20 cl de crème de soja + 200 g d'épinards + sel + poivre, cuire 5 mn à feu doux. Dans un plat, déposer 4 feuilles de lasagnes puis le mélange au poulet, renouveler l'opération 2 fois. Enfourner 30 mn. Saupoudrer 60 g de levure maltée.

Cuire 500 g de patates douces dans de l'eau salée, 20 mn après ébullition. Dans une casserole, faire revenir 1 oignon émincé + 1 gousse d'ail hachée + 600 g de veau coupé en morceaux 5 mn dans 1 c. à s. d'huile d'olive. Ajouter 30 cl d'eau + 1 c. à s. de bouillon de légumes + 15 cl de vin rouge + les patates douces égouttées et coupées en morceaux + sel + poivre. Laisser mijoter 40 mn.

Courses

Pour 4 personnes

○ Tarte au chou rouge et chèvre

1 pâte à pizza, 200 g de chou rouge, 40 g de bûche de chèvre, 2 oignons rouges, 40 g de levure maltée, 15 cl de crème de soja, 2 c. à s. de moutarde, 1 c. à s. d'huile, sel, poivre.

○ Semoule aux noix de Saint-Jacques

400 g de semoule, 12 noix de Saint-Jacques, 1 citron (jus), 3 c. à s. d'huile d'olive, 1 c. à s. de sauce soja, 1 c. à s. de miel, sel, poivre.

○ Velouté de chou-fleur et noix de cajou

1 chou-fleur, 100 g de noix de cajou, 2 oignons, 1 l de lait de soja, 3 c. à s. d'huile, 1 c. à c. de cumin moulu, sel, poivre.

○ Omelette au jambon et au céleri-branche

8 œufs, 300 g de céleri-branche, 300 g de dés de jambon, 1 oignon, 2 gousses d'ail, 5 g de persil, 2 c. à s. d'huile, ½ c. à c. de coriandre moulue, ½ c. à c. de cumin, 40 g de levure maltée, sel, poivre.

○ Saucisses de dinde au chou

600 g de saucisses de dinde, 1 chou blanc, 2 carottes, 400 g de pommes de terre, 1 oignon, 1 gousse d'ail, 2 c. à s. d'huile, 15 cl de vin blanc, 1 c. à c. de coriandre moulue, 1 c. à c. de thym, sel, poivre.

○ Lasagnes de poulet aux légumes

12 feuilles de lasagnes, 400 g de poulet, 2 carottes, 200 g d'épinards, 1 oignon, 60 g de levure maltée, 20 cl de crème de soja, 1 c. à s. d'huile, sel, poivre.

○ Sauté de veau et patates douces

600 g de veau, 500 g de patates douces, 1 oignon, 1 gousse d'ail, 15 cl de vin rouge, 1 c. à s. d'huile d'olive, 1 c. à s. de bouillon de légumes, sel, poivre.

Et aussi

AVRIL

2024

Lundi **1** Férié *Lundi de Pâques*	**Poisson d'avril feuilleté aux épinards**	10 mn / 20 mn / 420 kcal
Mardi **2**	**Filet de porc aux poires caramélisées**	15 mn / 35 mn / 410 kcal
Mercredi **3**	**Poulet sauce BBQ et frites de patates douces**	15 mn / 20 mn / 425 kcal
Jeudi **4**	**Gnocchis aux épinards et noisettes**	15 mn / 20 mn / 500 kcal
Vendredi **5**	**Blé aux carottes, dinde et chèvre**	15 mn / 20 mn / 390 kcal
Samedi **6**	**Curry de crevettes et patates douces**	15 mn / 45 mn / 495 kcal
Dimanche **7**	**Jambon et purée de rutabaga**	10 mn / 35 mn / 430 kcal

Recettes

Pour 4 personnes

Préchauffer le four à 180 °C. Dans un bol, mélanger 200 g de truite fumée + 400 g d'épinards lavés + 1 gousse d'ail + 1 yaourt + 1 c. à s. d'aneth, mixer jusqu'à obtention d'une texture homogène. Ajouter 2 œufs + sel + poivre, mélanger. Dans un moule, étaler et piquer 1 pâte feuilletée, verser le mélange et saupoudrer 40 g de gruyère. Enfourner 20 mn.

Faire revenir 600 g de filet de porc 8 mn dans 1 c. à s. d'huile d'olive. Réserver. Dans la même poêle, faire revenir 1 oignon émincé + 3 poires coupées en morceaux 5 mn dans 2 c. à s. d'huile d'olive. Ajouter 2 c. à s. de sauce soja + 2 c. à s. de miel, cuire 5 mn. Remettre le filet de porc dans la poêle + 15 cl de vin blanc + ½ c. à c. de piment + poivre. Couvrir et laisser mijoter 20 mn à feu doux.

Préchauffer le four à 180 °C. Badigeonner de 2 c. à s. d'huile + sel 600 g de patates douces en fines lamelles, enfourner 20 mn. Faire revenir 400 g de poulet coupé en cubes 5 mn dans 1 c. à s. d'huile. Mélanger 4 c. à s. d'eau + 1 c. à c. de maïzena, ajouter 10 cl de sauce tomate + 2 c. à s. de sauce soja + 1 c. à s. de miel + ½ c. à c. de paprika + sel + poivre, et verser sur le poulet. Mélanger rapidement et laisser mijoter 10 mn à feu doux.

Faire revenir 2 oignons rouges et 1 gousse d'ail hachés 5 mn dans 1 c. à s. d'huile d'olive. Ajouter 600 g de gnocchis, cuire 8 mn à feu moyen. Ajouter 200 g d'épinards lavés + 20 cl de crème de soja + 1 c. à c. de piment doux + sel + poivre, mélanger, couvrir et laisser mijoter 10 mn. Couper le feu et verser 60 g de levure maltée + 30 g de noisettes concassées, mélanger.

Faire cuire 300 g de blé (selon les indications du paquet). Faire revenir 2 oignons émincés + 3 carottes coupées en fines lamelles 5 mn dans 2 c. à s. d'huile + sel. Ajouter 200 g d'allumettes de dinde, cuire 5 mn. Verser 10 cl d'eau + 10 cl de vin blanc + 1 c. à c. de bouillon de légumes + sel + poivre, mélanger et ajouter le blé cuit et égoutté. Laisser mijoter 10 mn à feu moyen, couper le feu et ajouter 40 g de chèvre frais émietté. Saupoudrer 40 g de levure maltée.

Laver et cuire 400 g de patates douces coupées en morceaux dans de l'eau salée, 20 mn après ébullition. Dans une casserole, faire revenir 1 oignon émincé + 2 gousses d'ail + 15 g de gingembre frais haché 5 mn dans 1 c. à s. d'huile. Ajouter 60 cl de lait de coco + 2 c. à s. de curry + 1 c. à c. de curcuma + sel. Faire mijoter 10 mn à feu doux. Ajouter les morceaux de patates douces égouttés + 200 g de crevettes + 200 g de pois chiches cuits, laisser mijoter 10 mn.

Cuire 500 g de rutabaga + 400 g de pommes de terre lavées et coupées en morceaux dans de l'eau salée, 30 mn après ébullition. Égoutter et réduire les légumes en purée, ajouter 15 cl de lait de soja + 10 cl de crème de soja + ½ c. à c. de noix de muscade + sel + poivre, mélanger. Faire revenir 600 g d'allumettes de jambon 5 mn. Répartir la purée dans 4 assiettes, ajouter les allumettes.

Courses

Pour 4 personnes

○ Poisson d'avril feuilleté aux épinards

1 pâte feuilletée, 400 g d'épinards, 200 g de truite fumée, 2 œufs, 1 gousse d'ail, 1 yaourt nature, 40 g de gruyère râpé, 1 c. à s. d'aneth hachée, sel, poivre.

○ Filet de porc aux poires caramélisées

600 g de filet de porc, 3 poires, 1 oignon, 15 cl de vin blanc, 3 c. à s. d'huile d'olive, 2 c. à s. de sauce soja, 2 c. à s. de miel, ½ c. à c. de piment doux, poivre.

○ Poulet sauce BBQ et frites de patates douces

400 g de poulet, 600 g de patates douces, 10 cl de sauce tomate, 3 c. à s. d'huile, 2 c. à s. de sauce soja, 1 c. à s. de miel, 1 c. à c. de maïzena, ½ c. à c. de paprika, sel, poivre

○ Gnocchis aux épinards et noisettes

600 g de gnocchis, 200 g d'épinards, 30 g de noisettes, 2 oignons rouges, 1 gousse d'ail, 20 cl de crème de soja, 60 g de levure maltée, 1 c. à s. d'huile d'olive, 1 c. à c. de piment doux, sel, poivre.

○ Blé aux carottes, dinde et chèvre

300 g de blé, 3 carottes, 200 g d'allumettes de dinde, 40 g de chèvre frais, 2 oignons, 10 cl de vin blanc, 2 c. à s. d'huile, 1 c. à c. de bouillon de légumes, 40 g de levure maltée, sel, poivre.

○ Curry de crevettes et patates douces

400 g de patates douces, 200 g de crevettes, 200 g de pois chiches cuits, 1 oignon, 2 gousses d'ail, 60 cl de lait de coco, 15 g de gingembre frais, 2 c. à s. de curry, 1 c. à s. d'huile, 1 c. à c. de curcuma, sel.

○ Jambon et purée de rutabaga

600 g d'allumettes de jambon, 500 g de rutabaga, 400 g de pommes de terre, 15 cl de lait de soja, 10 cl de crème de soja, ½ c. à c. de noix de muscade, sel, poivre.

33

Et aussi

AVRIL

2024

Lundi **8**	Salade d'asperges, jambon et pommes de terre	10 mn 40 mn 400 kcal
Mardi **9**	Pâtes au thon et légumes verts	10 mn 25 mn 500 kcal
Mercredi **10**	Poulet aux radis rôtis	10 mn 20 mn 380 kcal
Jeudi **11**	Omelette de viande hachée et oignons	10 mn 15 mn 400 kcal
Vendredi **12**	Tarte aux poireaux, chèvre et noix	15 mn 50 mn 495 kcal
Samedi **13**	Ragoût de carottes et volaille	15 mn 1 h 05 490 kcal
Dimanche **14**	Tarte aux navets	20 mn 50 mn 420 kcal

Recettes

Pour 4 personnes

Cuire 500 g de pommes de terre dans de l'eau salée, 25 mn après ébullition. Cuire 300 g d'asperges vertes 15 mn à la vapeur. Dans un saladier, mélanger : 2 c. à s. d'huile d'olive + 2 c. à s. de vinaigre balsamique + 1 c. à c. de moutarde + sel + poivre. Ajouter 400 g de dés de jambon + 40 g de noisettes concassées + 40 g d'olives vertes. Égoutter les pommes de terre et asperges, les couper en morceaux et ajouter au saladier. Bien mélanger.

Cuire 250 g de pâtes al dente (selon les indications du paquet). Faire revenir 1 oignon + 1 gousse d'ail hachée 5 mn dans 1 c. à s. d'huile d'olive. Ajouter 1 poireau et 300 g de céleri-branche coupés en fines lamelles, cuire 10 mn à feu doux. Ajouter 250 g de thon + 15 cl de crème de soja + le jus d'1 citron + sel + poivre, mélanger, laisser mijoter 5 mn. Ajouter les pâtes cuites + 2 c. à s. d'eau de cuisson, laisser cuire 5 mn. Saupoudrer 40 g de parmesan, mélanger.

Faire revenir 1 oignon émincé + 2 gousses d'ail + 15 g de gingembre haché dans 2 c. à s. d'huile d'olive, 5 mn. Ajouter 600 g de blancs de poulet coupés en dés, cuire 5 mn à feu moyen. Verser 1 c. à s. de sauce soja + poivre, cuire 5 mn à feu doux. Dans une autre poêle, faire revenir 400 g de radis lavés et coupés en 2 dans 20 g d'huile de coco désodorisée + sel, faire griller 5 mn, ajouter 1 c. à c. de thym, mélanger.

Faire revenir 1 oignon blanc, 1 oignon rouge, 1 échalote et 2 gousses d'ail hachés 5 mn dans 2 c. à s. d'huile d'olive. Ajouter 300 g de viande hachée, mélanger, cuire 5 mn à feu moyen. Mélanger : 8 œufs + 10 g de ciboulette hachée + sel + poivre, verser le tout dans la poêle, cuire 4 mn en mélangeant rapidement sur feu doux.

Préchauffer le four à 200 °C. Faire revenir 1 oignon émincé + 4 poireaux coupés en fines rondelles 8 mn dans 2 c. à s. d'huile d'olive + sel. Dans un moule, étaler et piquer 1 pâte à pizza, y déposer les poireaux et répartir le mélange : 3 œufs + 10 cl de lait de soja + 10 cl de crème de soja + 40 g de noix concassées + sel + poivre. Recouvrir de 40 g de bûche de chèvre coupée en rondelles. Enfourner 40 mn.

Rincer 300 g de riz basmati, ajouter 60 cl d'eau + sel, cuire 20 mn après ébullition. Faire revenir 1 oignon émincé + 4 carottes coupées en rondelles 10 mn dans 2 c. à s. d'huile. Ajouter 400 g de volaille coupée en dés, cuire 5 mn. Ajouter 25 cl de vin rouge + 10 cl d'eau + 2 c. à s. de vinaigre balsamique + sel + 1 c. à c. de bouillon de légumes + poivre, laisser mijoter 30 mn à feu doux.

Préchauffer le four à 180 °C. Faire revenir 800 g de navets lavés et coupés dans 50 g d'huile de coco désodorisée + 2 c. à s. de miel + sel, couvrir et cuire 10 mn à feu doux. Ajouter 10 cl d'eau + 1 c. à s. de vinaigre balsamique + 1 c. à c. de sauce soja, mélanger, laisser cuire 10 mn. Verser 1 c. à c. de thym + poivre + sel, mélanger. Dans un moule, étaler et piquer 1 pâte brisée, y verser la préparation, enfourner 30 mn.

Courses

Pour 4 personnes

○ Salade d'asperges, jambon et pommes de terre

500 g de pommes de terre, 400 g de dés de jambon, 300 g d'asperges vertes, 40 g d'olives vertes, 40 g de noisettes, 2 c. à s. d'huile d'olive, 2 c. à s. de vinaigre balsamique, 1 c. à c. de moutarde, sel, poivre.

○ Pâtes au thon et légumes verts

250 g de pâtes, 250 g de thon, 1 poireau, 300 g de céleri-branche, 15 cl de crème de soja, 1 oignon, 1 gousse d'ail, 40 g de parmesan, 1 citron (jus), 1 c. à s. d'huile d'olive, sel, poivre.

○ Poulet aux radis rôtis

600 g de blancs de poulet, 400 g de radis, 1 oignon, 2 gousses d'ail, 20 g d'huile de coco désodorisée, 15 g de gingembre, 2 c. à s. d'huile d'olive, 1 c. à s. de sauce soja, 1 c. à c. de thym, sel, poivre.

○ Omelette de viande hachée et oignons

8 œufs, 300 g de viande hachée, 1 oignon blanc, 1 oignon rouge, 1 échalote, 2 gousses d'ail, 2 c. à s. d'huile d'olive, 10 g de ciboulette, sel, poivre.

○ Tarte aux poireaux, chèvre et noix

1 pâte à pizza, 4 poireaux, 40 g de bûche de chèvre, 40 g de noix, 1 oignon, 3 œufs, 10 cl de lait de soja, 10 cl de crème de soja, 2 c. à s. d'huile d'olive, sel, poivre.

○ Ragoût de carottes et volaille

300 g de riz basmati, 4 carottes, 400 g de volaille, 1 oignon, 25 cl de vin rouge, 2 c. à s. de vinaigre balsamique, 2 c. à s. d'huile, 1 c. à c. de bouillon de légumes, sel, poivre.

○ Tarte aux navets

1 pâte brisée, 800 g de navets, 50 g d'huile de coco désodorisée, 2 c. à s. de miel, 1 c. à s. de vinaigre balsamique, 1 c. à c. de sauce soja, 1 c. à c. de thym, sel, poivre.

35

Et aussi

AVRIL 2024

Lundi 15 — Cabillaud sauce moutarde et miel — 10 mn / 35 mn / 390 kcal

Mardi 16 — Chow mein végétarien — 10 mn / 10 mn / 515 kcal

Mercredi 17 — Quiche aux asperges vertes — 15 mn / 40 mn / 530 kcal

Jeudi 18 — Veau au vin et purée de patates douces — 10 mn / 40 mn / 390 kcal

Vendredi 19 — Flan de saumon aux endives — 15 mn / 50 mn / 530 kcal

Samedi 20 — Poêlée épicée de Saint-Jacques et topinambour — 15 mn / 1 h 10 / 420 kcal

Dimanche 21 — Gratin suédois — 15 mn / 1 h / 390 kcal

36

Recettes

Pour 4 personnes

Préchauffer le four à 180 °C. Faire revenir 2 oignons émincés + 600 g de chou vert coupé en fines lamelles 10 mn dans 2 c. à s. d'huile + sel. Dans un plat, verser la poêlée et déposer 800 g de cabillaud, recouvrir du mélange : 15 cl de vin blanc + 2 c. à s. de moutarde + 2 c. à s. de miel + sel + poivre. Saupoudrer 1 c. à c. d'aneth, enfourner 25 mn. Saupoudrer 40 g de levure maltée.

Cuire 400 g de nouilles (selon les indications du paquet). Dans un wok, faire revenir 2 oignons émincés + 2 gousses d'ail hachées + 2 carottes et 200 g de chou vert coupés en fines lamelles dans 2 c. à s. d'huile, 5 mn à feu vif en mélangeant. Ajouter les nouilles égouttées + 2 c. à s. d'huile de sésame + 3 c. à s. de sauce soja + 1 c. à s. de sirop d'agave + 1 c. à s. de vinaigre de riz + 1 c. à c. de piment + poivre, cuire 5 mn en remuant constamment.

Préchauffer le four à 180 °C. Cuire 250 g d'asperges vertes 15 mn à la vapeur. Dans un moule, étaler et piquer 1 pâte feuilletée, déposer les asperges égouttées et coupées en morceaux, recouvrir du mélange : 3 œufs + 1 échalote hachée + 20 cl de crème de soja + 1 c. à c. de curry + 5 g de ciboulette ciselée, bien répartir. Saupoudrer 40 g de gruyère râpé + 10 g de pignons de pin. Enfourner 25 mn.

Laver et cuire 300 g de patates douces coupées en morceaux dans de l'eau salée, 20 mn, égoutter et réduire en purée en ajoutant 10 cl de crème de soja + 10 cl de lait de soja + ½ c. à c. de paprika + sel + poivre, mélanger. Dans une poêle, faire revenir 1 oignon 5 mn dans 1 c. à s. d'huile. Ajouter 400 g d'escalopes de veau coupées en fines lamelles, cuire 4 mn. Verser 15 cl de vin rouge + 1 c. à c. de thym + sel + poivre, laisser mijoter 10 mn à feu doux.

Préchauffer le four à 180 °C. Faire revenir 2 endives coupées en morceaux + 1 gousse d'ail hachée + sel 10 mn dans 1 c. à s. d'huile. Dans un saladier, verser 3 œufs + 50 g de farine + 1 yaourt nature + 20 cl de lait de soja + sel + poivre, bien mélanger. Ajouter les endives + 4 tranches de saumon coupées en morceaux, mélanger. Verser le tout dans un plat, saupoudrer 40 g de gruyère. Enfourner 40 mn.

Rincer et cuire 200 g de riz complet 40 mn dans 40 cl d'eau. Éplucher et couper 400 g de topinambour, cuire à la vapeur 15 mn. Faire revenir 1 oignon émincé + 2 gousses d'ail hachées 5 mn dans 2 c. à s. d'huile d'olive. Ajouter le topinambour égoutté + 10 g de persil haché + 1 c. à c. de sauce soja + 1 c. à c. de paprika + ½ c. à c. de piment + sel, mélanger et cuire 5 mn à feu moyen. Ajouter 16 noix de Saint-Jacques, cuire 4 mn.

Préchauffer le four à 180 °C. Faire revenir 1 oignon émincé + 400 g de chou blanc 10 mn dans 1 c. à s. d'huile. Ajouter 1 c. à s. de miel + sel + poivre, mélanger 2 mn à feu doux. Ajouter le mélange : 400 g de viande hachée + 2 œufs + 20 cl de lait de soja + sel + poivre, bien mélanger et cuire 5 mn. Verser le tout dans un plat, enfourner 40 mn. Saupoudrer 60 g de levure maltée.

Courses

Pour 4 personnes

◯ Cabillaud sauce moutarde et miel

800 g de cabillaud, 2 c. à s. de moutarde, 2 c. à s. de miel, 600 g de chou vert, 2 oignons, 15 cl de vin blanc, 40 g de levure maltée, 2 c. à s. d'huile, 1 c. à c. d'aneth, sel, poivre.

◯ Chow mein végétarien

400 g de nouilles, 2 carottes, 2 oignons, 200 g de chou vert, 2 gousses d'ail, 4 c. à s. d'huile de sésame, 3 c. à s. de sauce soja, 1 c. à s. de sirop d'agave, 1 c. à s. de vinaigre de riz, 1 c. à c. de piment, poivre.

◯ Quiche aux asperges vertes

1 pâte feuilletée, 250 g d'asperges vertes, 3 œufs, 1 échalote, 20 cl de crème de soja, 40 g de gruyère, 10 g de pignons de pin, 1 c. à c. de curry, 5 g de ciboulette, sel, poivre.

◯ Veau au vin et purée de patates douces

400 g d'escalopes de veau, 300 g de patates douces, 15 cl de vin rouge, 1 oignon, 10 cl de crème de soja, 10 cl de lait de soja, 1 c. à s. d'huile, 1 c. à c. de thym, ½ c. à c. de paprika, sel, poivre.

◯ Flan de saumon aux endives

4 tranches de saumon fumé, 2 endives, 3 œufs, 1 gousse d'ail, 50 g de farine, 40 g de gruyère râpé, 1 yaourt nature, 20 cl de lait de soja, 1 c. à s. d'huile, sel, poivre.

◯ Poêlée épicée de Saint-Jacques et topinambour

200 g de riz complet, 16 noix de Saint-Jacques, 400 g de topinambour, 1 oignon, 2 gousses d'ail, 10 g de persil, 2 c. à s. d'huile d'olive, 1 c. à c. de sauce soja, 1 c. à c. de paprika, ½ c. à c. de piment, sel.

◯ Gratin suédois

400 g de chou blanc, 400 g de viande hachée, 2 œufs, 1 oignon, 20 cl de lait de soja, 1 c. à s. d'huile, 1 c. à s. de miel, 60 g de levure maltée, sel, poivre.

Et aussi

AVRIL

2024

Lundi 22 — **Pâtes aux crevettes et à la mozzarella**

- 10 mn
- 15 mn
- 435 kcal

Mardi 23 — **Gratin de pâtes aux légumes et au jambon**

- 15 mn
- 40 mn
- 450 kcal

Mercredi 24 — **Velouté de rutabaga et sticks de tofu rôti**

- 15 mn
- 50 mn
- 450 kcal

Jeudi 25 — **Lotte au four**

- 10 mn
- 1 h
- 370 kcal

Vendredi 26 — **Asperges blanches et jambon à la crème**

- 10 mn
- 25 mn
- 410 kcal

Samedi 27 — **Dahl au tofu et patates douces**

- 15 mn
- 50 mn
- 570 kcal

Dimanche 28 — **Riz au poulet brésilien**

- 10 mn
- 25 mn
- 1 h
- 600 kcal

Recettes

Pour 4 personnes

Cuire 250 g de pâtes al dente (selon les indications du paquet). Faire revenir 2 carottes coupées en fines lamelles + 1 oignon et 2 gousses d'ail hachés 10 mn dans 2 c. à s. d'huile. Ajouter 300 g de crevettes, cuire 2 mn en mélangeant. Ajouter les pâtes égouttées + 2 c. à s. d'eau de cuisson + 1 c. à c. de basilic + 1 c. à c. de paprika + sel + poivre, mélanger, cuire 4 mn. Ajouter 1 boule de mozzarella coupée en morceaux, mélanger jusqu'à obtenir une texture crémeuse.

Cuire 300 g de pâtes (selon les indications du paquet). Faire revenir 1 oignon émincé + 2 gousses d'ail hachées + 1 carotte, 1 poireau et 200 g de chou-fleur coupés en fines lamelles 10 mn dans 1 c. à s. d'huile + sel. Ajouter 150 g d'allumettes de jambon, cuire 5 mn. Verser 15 cl de sauce tomate + 1 c. à c. d'origan + sel, mélanger 5 mn à feu doux. Dans un plat, déposer les pâtes, verser le contenu de la poêle, saupoudrer 40 g de parmesan, enfourner 20 mn à 180 °C.

Préchauffer le four à 200 °C. Couper 400 g de tofu ferme en bâtonnets, imbiber du mélange : 2 c. à s. d'huile + 2 c. à s. de sauce soja + ½ c. à c. de piment + sel, enfourner 20 mn. Faire revenir 600 g de rutabaga coupé en morceaux + 2 oignons hachés 10 mn dans 1 c. à s. d'huile + sel. Verser 50 cl d'eau + 40 cl de lait de soja + 15 cl de crème de soja + 1 c. à s. de bouillon de légumes + sel, porter à ébullition, cuire 20 mn. Mixer.

Préchauffer le four à 200 °C. Laver et couper 2 carottes + 600 g de pommes de terre + 2 oignons, cuire dans de l'eau salée, 20 mn après ébullition. Dans un plat, déposer les légumes égouttés puis 800 g de filets de lotte. Recouvrir le tout du mélange : 2 c. à s. d'huile + 1 c. à s. de vinaigre balsamique + 1 gousse d'ail + 5 g de persil haché + ½ c. à c. de piment + 1 c. à c. de paprika + sel + poivre, bien répartir. Enfourner 40 mn.

Faire revenir 600 g d'asperges blanches lavées et coupées en rondelles + 1 oignon émincé dans 1 c. à s. d'huile d'olive + sel, couvrir et cuire 10 mn. Ajouter 600 g de dés de jambon, poursuivre la cuisson 5 mn à feu moyen. Verser 15 cl de crème de soja + 10 cl de vin blanc + 10 g de persil haché + sel + poivre, cuire 10 mn à feu doux.

Cuire 300 g de lentilles vertes dans 90 cl d'eau + sel, 20 mn après ébullition. Dans une casserole, faire revenir 1 oignon + 400 g de patates douces coupées en petits dés 10 mn dans 1 c. à s. d'huile. Ajouter 400 g de tofu coupé en cubes, cuire 5 mn. Verser 20 cl de lait de coco + 1 c. à s. de curry + 1 c. à c. de curcuma + 1 c. à c. de thym sec + sel + poivre, mélanger. Ajouter les lentilles égouttées, laisser mijoter 15 mn à feu doux.

Dans un saladier, mélanger 400 g de poulet coupé en morceaux + le jus d'1 citron + 5 g de coriandre hachée + 1 c. à s. de bouillon de légumes émietté, laisser reposer 1 h. Dans une casserole, faire revenir 1 oignon émincé + 1 gousse d'ail hachée dans 1 c. à s. d'huile, ajouter le poulet, cuire 5 mn. Ajouter 400 g de riz basmati + 200 g de sauce tomate + 80 cl d'eau + 200 g d'épinards + sel, mélanger, couvrir et laisser cuire 20 mn à feu doux.

Courses

Pour 4 personnes

○ **Pâtes aux crevettes et à la mozzarella**

300 g de crevettes décortiquées, 250 g de pâtes, 1 boule de mozzarella, 2 carottes, 2 gousses d'ail, 1 oignon, 2 c. à s. d'huile d'olive, 1 c. à c. de basilic séché, 1 c. à c. de paprika, sel, poivre.

○ **Gratin de pâtes aux légumes et au jambon**

300 g de pâtes, 150 g d'allumettes de jambon, 1 poireau, 1 carotte, 200 g de chou-fleur, 1 oignon, 2 gousses d'ail, 40 g de parmesan, 15 cl de sauce tomate, 1 c. à s. d'huile, 1 c. à c. d'origan, sel.

○ **Velouté de rutabaga et sticks de tofu rôti**

600 g de rutabaga, 400 g de tofu ferme, 2 oignons, 40 cl de lait de soja, 15 cl de crème de soja, 3 c. à s. d'huile, 2 c. à s. de sauce soja, 1 c. à s. de bouillon de légumes, ½ c. à c. de piment, sel.

○ **Lotte au four**

800 g de filets de lotte, 600 g de pommes de terre, 2 carottes, 2 oignons, 1 gousse d'ail, 5 g de persil, 2 c. à s. d'huile, 1 c. à s. de vinaigre balsamique, 1 c. à c. de paprika, ½ c. à c. de piment, sel, poivre.

○ **Asperges blanches et jambon à la crème**

600 g d'asperges blanches, 600 g de dés de jambon, 15 cl de crème de soja, 1 oignon, 10 cl de vin blanc, 10 g de persil, 1 c. à s. d'huile d'olive, sel, poivre.

○ **Dahl au tofu et patates douces**

400 g de tofu, 400 g de patates douces, 300 g de lentilles vertes, 1 oignon, 20 cl de lait de coco, 1 c. à s. d'huile, 1 c. à s. de curry, 1 c. à c. de curcuma, 1 c. à c. de thym sec, sel, poivre.

○ **Riz au poulet brésilien**

400 g de poulet, 400 g de riz basmati, 200 g d'épinards, 200 g de sauce tomate, 1 oignon, 1 gousse d'ail, 1 citron (jus), 5 g de coriandre, 1 c. à s. de bouillon de légumes, 1 c. à s. d'huile, sel.

Et aussi

AVRIL/MAI 2024

Lundi
29
Risotto vegan d'asperges vertes
15 mn
45 mn
390 kcal

Mardi
30
Salade de crevettes aux concombres
10 mn
20 mn
380 kcal

Mercredi
1
Férié
Fête du Travail
Pâtes aux œufs et sauce citron
15 mn
20 mn
415 kcal

Jeudi
2
Asperges à la dinde et purée de céleri-rave
10 mn
30 mn
420 kcal

Vendredi
3
Semoule au chou-fleur, jambon et sauce soja
10 mn
20 mn
570 kcal

Samedi
4
Tarte fine aux épinards et au jambon cru
15 mn
45 mn
445 kcal

Dimanche
5
Patates douces farcies au poulet
20 mn
1 h
530 kcal

40

Recettes

Pour 4 personnes

Faire cuire 300 g d'asperges vertes 15 mn à la vapeur. Faire revenir 1 oignon émincé + 2 gousses d'ail hachées 5 mn dans 2 c. à s. d'huile d'olive. Ajouter 400 g de riz à risotto + 10 cl de vin blanc + sel, mélanger, cuire 8 mn. Verser petit à petit 1 l d'eau mélangé à 1 c. à s. de bouillon de légumes, laisser cuire 15 mn. Ajouter les asperges coupées en rondelles + sel + poivre, bien mélanger, cuire 4 mn. Saupoudrer 80 g de levure maltée.

Cuire 500 g de pommes de terre dans de l'eau salée, 20 mn après ébullition. Dans un saladier, mélanger 2 yaourts + le jus d'1 citron + 1 c. à s. de moutarde + 1 c. à c. d'herbes de Provence + sel + poivre. Ajouter 600 g de crevettes cuites décortiquées + 2 concombres coupés en dés + 40 g de noisettes concassées + les pommes de terre égouttées et coupées en morceaux, bien mélanger.

Cuire 300 g de pâtes al dente (selon les indications du paquet). Cuire 4 œufs dans de l'eau, 9 mn après ébullition. Faire revenir 1 oignon émincé + 2 gousses d'ail hachées 5 mn dans 2 c. à s. d'huile d'olive. Verser 1 yaourt nature + le jus et zeste de 3 citrons + sel + poivre, mélanger sur feu doux 2 mn. Ajouter les pâtes égouttées + 2 c. à s. d'eau de cuisson, mélanger, cuire 4 mn. Ajouter 10 g de persil haché + les œufs écalés et coupés en morceaux, bien mélanger.

Cuire 1 céleri-rave coupé en cubes dans de l'eau salée, 20 mn après ébullition, égoutter. Réduire en purée avec 30 cl de lait de soja + 20 cl de crème de soja + 2 c. à s. d'huile + ½ c. à c. de noix de muscade + sel + poivre. Faire revenir 1 oignon émincé + 1 gousse d'ail hachée + 300 g d'asperges vertes coupées en morceaux 8 mn dans 1 c. à s. d'huile + sel. Ajouter 300 g d'allumettes de dinde + poivre, mélanger et cuire 5 mn, servir avec la purée.

Dans un saladier, déposer 400 g de semoule + sel, verser 70 cl d'eau bouillante, couvrir et laisser gonfler. Ajouter 1 c. à s. d'huile d'olive, mélanger. Faire revenir 1 oignon émincé + 500 g de chou-fleur coupé en morceaux 6 mn dans 2 c. à s. d'huile + sel. Ajouter 250 g de dés de jambon, cuire 5 mn. Verser 1 c. à s. de vinaigre de riz + 2 c. à s. de sauce soja + 1 c. à s. de miel + poivre, mélanger et laisser mijoter 10 mn à feu doux.

Préchauffer le four à 180 °C. Faire revenir 1 oignon et 1 gousse d'ail hachés + 200 g d'épinards lavés 5 mn dans 1 c. à s. d'huile + sel. Dans un moule, étaler et piquer 1 pâte à pizza, déposer la préparation aux épinards, recouvrir du mélange : 2 œufs + 1 yaourt + 2 c. à s. de concentré de tomates + 1 c. à c. d'origan + sel. Ajouter les 4 tranches de jambon cru et saupoudrer 40 g de gruyère. Enfourner 40 mn.

Cuire 4 patates douces dans de l'eau salée, 25 mn après ébullition. Les couper en 2, gratter la chair et réserver. Préchauffer le four à 180 °C. Faire revenir 2 oignons émincés + 400 g de poulet coupé en morceaux 8 mn dans 1 c. à s. d'huile d'olive. Ajouter la chair des patates + 150 g de champignons + 20 cl de crème de soja + 1 c. à c. de paprika + sel + poivre, mélanger et cuire 5 mn. Farcir les patates, enfourner 20 mn. Saupoudrer 40 g de levure maltée.

Courses

Pour 4 personnes

◯ Risotto vegan d'asperges vertes

400 g de riz à risotto, 300 g d'asperges vertes, 10 cl de vin blanc, 2 gousses d'ail, 1 oignon, 80 g de levure maltée, 2 c. à s. d'huile d'olive, 1 c. à s. de bouillon de légumes, sel, poivre.

◯ Salade de crevettes aux concombres

600 g de crevettes cuites, 2 concombres, 500 g de pommes de terre, 2 yaourts, 1 citron (jus), 40 g de noisettes, 1 c. à s. de moutarde, 1 c. à c. d'herbes de Provence, sel, poivre.

◯ Pâtes aux œufs et sauce citron

300 g de pâtes, 4 œufs, 3 citrons (jus + zeste), 1 oignon, 2 gousses d'ail, 1 yaourt nature, 10 g de persil, 2 c. à s. d'huile d'olive, sel, poivre.

◯ Asperges à la dinde et purée de céleri-rave

300 g d'asperges vertes, 300 g d'allumettes de dinde, 1 céleri-rave, 1 oignon, 1 gousse d'ail, 30 cl de lait de soja, 20 cl de crème de soja, 3 c. à s. d'huile, ½ c. à c. de noix de muscade, sel, poivre.

◯ Semoule au chou-fleur, jambon et sauce soja

400 g de semoule, 500 g de chou-fleur, 250 g de dés de jambon, 1 oignon, 3 c. à s. d'huile d'olive, 2 c. à s. de sauce soja, 1 c. à s. de vinaigre de riz, 1 c. à s. de miel, sel, poivre.

◯ Tarte fine aux épinards et au jambon cru

1 pâte à pizza, 200 g d'épinards, 4 tranches de jambon cru, 2 œufs, 1 yaourt, 1 oignon, 1 gousse d'ail, 40 g de gruyère, 2 c. à s. de concentré de tomates, 1 c. à s. d'huile, 1 c. à c. d'origan, sel.

◯ Patates douces farcies au poulet

4 patates douces, 400 g de poulet, 2 oignons, 150 g de champignons, 20 cl de crème de soja, 40 g de levure maltée, 1 c. à s. d'huile d'olive, 1 c. à c. de paprika, sel, poivre.

Et aussi

MAI 2024

Jour	Recette	Préparation	Cuisson	Calories
Lundi 6	Curry de courgettes et tofu fumé	10 mn	40 mn	580 kcal
Mardi 7	Carbonara d'avocats	10 mn	5 mn	580 kcal
Mercredi 8 Férié *Victoire de 1945*	One pan quinoa à la mexicaine	15 mn	20 mn	300 kcal
Jeudi 9 Férié *Ascension*	Tagliatelles de courgettes et saumon fumé	15 mn	10 mn	440 kcal
Vendredi 10	Omelette au jambon et aux pommes de terre	10 mn	25 mn	390 kcal
Samedi 11	Gratin de fenouils au thon et riz noir	10 mn	1 h 10	400 kcal
Dimanche 12	Lasagnes de courgettes	20 mn	55 mn	430 kcal

 42

Recettes

Pour 4 personnes

Rincer 350 g de riz basmati, ajouter 75 cl d'eau + sel, cuire 20 mn après ébullition. Faire revenir 1 oignon émincé + 3 courgettes coupées en fines lamelles 10 mn dans 1 c. à s. d'huile + sel. Ajouter 400 g de tofu fumé coupé en dés, cuire 5 mn. Verser 20 cl de lait de coco + 1 c. à s. de sauce soja + 2 c. à s. de curry + 1 c. à c. de curcuma + 1 c. à c. de piment + sel + poivre, mélanger et laisser mijoter 5 mn à feu doux.

Cuire 300 g de spaghettis al dente (selon les indications du paquet). Mixer 2 avocats + 2 gousses d'ail + 1 c. à s. d'huile d'olive + 10 g de basilic + le jus d'1 citron + 10 g de pignons de pin + sel + poivre jusqu'à obtention d'une texture homogène. Égoutter les pâtes, verser le mélange aux avocats + 4 c. à s. d'eau de cuisson, mélanger, cuire 4 mn à feu doux. Couper le feu et ajouter 60 g de levure maltée, mélanger.

Dans une grande casserole, mélanger : 200 g de quinoa + 50 cl d'eau + 210 g de haricots noirs égouttés + 80 g de maïs + 12,5 cl de sauce salsa + 90 g de poivron , ½ tomate et ½ oignon rouge en dés + ½ c. à s. de jalapeños + le piment en poudre + le paprika fumé + l'ail en poudre + le sel. Couvrir et porter à ébullition. Baisser à feu moyen/doux et cuire 15 mn jusqu'à ce que le liquide soit absorbé. Ajouter 15 g de coriandre fraîche.

Laver et détailler 800 g de courgettes en tagliatelles avec un économe. Faire revenir les tagliatelles de courgettes 10 mn dans 1 c. à s. d'huile d'olive + 2 gousses d'ail hachées. Couper le feu, ajouter 2 c. à s. d'huile d'olive + 40 g d'amandes concassées + 5 g de basilic haché + sel + poivre, mélanger. Servir avec 600 g de saumon fumé en tranches.

Faire revenir 1 oignon émincé + 400 g de pommes de terre coupées en fines lamelles 15 mn dans 2 c. à s. d'huile d'olive + sel. Ajouter 300 g d'allumettes de jambon, cuire 5 mn. Ajouter le mélange : 6 œufs + 10 cl de lait de soja + 10 g de persil haché + sel + poivre, cuire 4 mn en remuant rapidement.

Rincer et faire cuire 300 g de riz noir 30 mn dans 60 cl d'eau salée. Préchauffer le four à 180 °C. Couper 4 fenouils en tranches, cuire 10 mn à la vapeur. Dans un plat, déposer les tranches de fenouils égouttées et recouvrir du mélange : 200 g de thon émietté + 20 cl de lait de soja + le jus d'1 citron + 2 gousses d'ail et 5 g de persil hachés + sel + poivre, bien répartir. Enfourner 30 mn. Saupoudrer 60 g de levure maltée.

Précuire 12 feuilles de lasagnes (selon les indications du paquet). Préchauffer le four à 180 °C. Faire revenir 4 courgettes coupées en dés + 1 oignon et 2 gousses d'ail hachés 5 mn dans 2 c. à s. d'huile d'olive. Ajouter 200 g de viande hachée + 20 cl de sauce tomate + sel + poivre, cuire 10 mn à feu doux. Dans un plat, déposer 4 feuilles de lasagnes + la poêlée, répéter l'opération 2 fois. Enfourner 40 mn. Saupoudrer 80 g de levure maltée.

Courses

Pour 4 personnes

○ Curry de courgettes et tofu fumé

350 g de riz basmati, 3 courgettes, 400 g de tofu fumé, 1 oignon, 20 cl de lait de coco, 2 c. à s. de curry, 1 c. à s. de sauce soja, 1 c. à s. d'huile, 1 c. à c. de curcuma, 1 c. à c. de piment, sel, poivre.

○ Carbonara d'avocats

300 g de spaghettis, 2 avocats, 2 gousses d'ail, 1 citron (jus), 60 g de levure maltée, 10 g de basilic, 10 g de pignons de pin, 1 c. à s. d'huile d'olive, sel, poivre.

○ One pan quinoa à la mexicaine

200 g de quinoa, 210 g de haricots noirs cuits, 90 g de poivron, 80 g de maïs, 12,5 cl de sauce salsa, ½ tomate, ½ oignon rouge, ½ c. à s. de jalapeños, 1 c. à c. de piment en poudre, ½ c. à c. de paprika, ½ c. à c. d'ail en poudre, 15 g de coriandre, sel.

○ Tagliatelles de courgettes et saumon fumé

800 g de courgettes, 600 g de saumon fumé, 40 g d'amandes, 2 gousses d'ail, 5 g de basilic, 3 c. à s. d'huile d'olive, sel, poivre.

○ Omelette au jambon et aux pommes de terre

6 œufs, 400 g de pommes de terre, 300 g d'allumettes de jambon, 1 oignon, 10 cl de lait de soja, 10 g de persil, 2 c. à s. d'huile d'olive, sel, poivre.

○ Gratin de fenouils au thon et riz noir

4 fenouils, 300 g de riz noir, 200 g de thon, 2 gousses d'ail, 20 cl de lait de soja, 1 citron (jus), 60 g de levure maltée, 5 g de persil, sel, poivre.

○ Lasagnes de courgettes

12 feuilles de lasagnes, 4 courgettes, 200 g de viande hachée, 1 oignon, 2 gousses d'ail, 20 cl de sauce tomate, 80 g de levure maltée, 2 c. à s. d'huile d'olive, sel, poivre.

Et aussi

MAI

2024

Lundi **13**	Pâtes aux anchois sauce moutarde	Préparation : 10 mn Cuisson : 20 mn	475 kcal
Mardi **14**	Bœuf sauté au gingembre et basilic	Préparation : 15 mn Cuisson : 40 mn	420 kcal
Mercredi **15**	Salade de quinoa aux légumineuses	Préparation : 10 mn Cuisson : 15 mn	470 kcal
Jeudi **16**	Invisible de courgettes au jambon	Préparation : 10 mn Cuisson : 40 mn	400 kcal
Vendredi **17**	Omelette gourmande	Préparation : 10 mn Cuisson : 10 mn	320 kcal
Samedi **18**	Gratin de cabillaud et pommes de terre	Préparation : 20 mn Cuisson : 55 mn	390 kcal
Dimanche **19** Férié	Tarte aux langoustines et épinards	Préparation : 15 mn Cuisson : 50 mn	550 kcal

Pentecôte

Recettes

Pour 4 personnes

Cuire 250 g de pâtes al dente (selon les indications du paquet). Faire revenir 1 oignon émincé + 2 carottes coupées en fines lamelles 10 mn dans 2 c. à s. d'huile d'olive + sel. Ajouter 20 anchois + 200 g de champignons, cuire 5 mn. Ajouter 2 yaourts nature + 2 c. à s. de moutarde + 5 g de basilic haché + 1 c. à c. d'origan + sel + poivre, bien mélanger. Ajouter les pâtes égouttées + 2 c. à s. d'eau de cuisson, mélanger et laisser mijoter 5 mn à feux doux.

Rincer 300 g de riz basmati, ajouter 60 cl d'eau + sel, cuire 20 mn après ébullition. Dans un wok, faire revenir 1 oignon émincé + 2 gousses d'ail et 30 g de gingembre hachés + 1 carotte coupée en lamelles 5 mn dans 3 c. à s. d'huile. Ajouter 300 g de bœuf + 2 courgettes coupées en morceaux, mélanger, cuire 5 mn. Verser 2 c. à s. de sauce soja + 1 c. à c. de piment, mélanger, cuire 5 mn. Ajouter le riz égoutté + 10 g de basilic haché, mélanger, cuire 5 mn.

Bien rincer et cuire 300 g de quinoa dans 60 cl d'eau + sel, 15 mn après ébullition, couvrir et laisser gonfler. Dans un saladier, mélanger : 3 c. à s. d'huile d'olive + 2 c. à s. de vinaigre balsamique + 1 c. à c. de moutarde + sel + poivre. Ajouter 1 oignon rouge émincé + 5 g de basilic haché + 200 g de pois chiches cuits + 200 g de haricots rouges cuits. Verser le quinoa dans le saladier, bien mélanger.

Préchauffer le four à 180 °C. Dans un saladier, mélanger 2 œufs + 10 cl de lait de soja + 20 g d'huile de coco désodorisée + 70 g de farine + sel + poivre. Ajouter 4 courgettes coupées en fines rondelles + 600 g d'allumettes de jambon, bien mélanger. Verser la préparation dans un plat, saupoudrer 40 g de parmesan. Enfourner 40 mn.

Dans une poêle préalablement huilée à feu moyen, placer 4 grosses poignées d'épinards + 4 tomates coupées en dés + 8 œufs + 8 tranches de mozzarella + un peu d'ail en poudre + du persil séché. Cuire à couvert environ 7-8 mn.

Cuire 500 g de pommes de terre 20 mn dans de l'eau salée. Préchauffer le four à 200 °C. Faire revenir 1 oignon émincé + 1 gousse d'ail hachée 5 mn dans 2 c. à s. d'huile. Verser 10 cl de vin blanc + 30 cl de lait de soja + 2 c. à s. de farine + 1 c. à c. de thym + sel, mélanger, laisser épaissir. Dans un plat, répartir les pommes de terre coupées en rondelles + 600 g de cabillaud, recouvrir du mélange et saupoudrer 40 g de gruyère. Enfourner 30 mn.

Préchauffer le four à 180 °C. Faire revenir 1 oignon émincé + 1 gousse d'ail hachée 5 mn dans 2 c. à s. d'huile d'olive. Ajouter 400 g d'épinards + 500 g de langoustines décortiquées + le jus d'1 citron, cuire 6 mn. Dans un moule, étaler et piquer 1 pâte à pizza, ajouter les langoustines aux épinards et recouvrir du mélange : 2 œufs + 15 cl de crème de soja + 1 c. à s. de curry + sel + poivre, bien répartir. Enfourner 40 mn. Saupoudrer 40 g de levure maltée.

Courses

Pour 4 personnes

○ Pâtes aux anchois sauce moutarde

250 g de pâtes, 20 anchois, 2 c. à s. de moutarde, 200 g de champignons, 2 carottes, 1 oignon, 2 yaourts nature, 5 g de basilic, 2 c. à s. d'huile d'olive, 1 c. à c. d'origan, sel, poivre.

○ Bœuf sauté au gingembre et basilic

300 g de bœuf, 30 g de gingembre, 10 g de basilic, 300 g de riz basmati, 2 courgettes, 1 oignon, 1 carotte, 2 gousses d'ail, 3 c. à s. d'huile d'olive, 2 c. à s. de sauce soja, 1 c. à c. de piment, sel.

○ Salade de quinoa aux légumineuses

300 g de quinoa, 200 g de pois chiches cuits, 200 g de haricots rouges cuits, 1 oignon rouge, 3 c. à s. d'huile d'olive, 2 c. à s. de vinaigre balsamique, 1 c. à c. de moutarde, 5 g de basilic, sel, poivre.

○ Invisible de courgettes au jambon

4 courgettes, 600 g d'allumettes de jambon, 2 œufs, 70 g de farine, 40 g de parmesan, 10 cl de lait de soja, 20 g d'huile de coco désodorisée, sel, poivre.

○ Omelette gourmande

8 œufs, 4 poignées d'épinards, 4 tomates, 8 tranches de mozzarella, ail en poudre, persil, huile.

○ Gratin de cabillaud et pommes de terre

600 g de cabillaud, 500 g de pommes de terre, 40 g de gruyère, 1 oignon, 1 gousse d'ail, 30 cl de lait de soja, 10 cl de vin blanc, 2 c. à s. de farine, 2 c. à s. d'huile d'olive, 1 c. à c. de thym, sel.

○ Tarte aux langoustines et épinards

1 pâte à pizza, 500 g de langoustines, 400 g d'épinards, 1 oignon, 1 gousse d'ail, 15 cl de crème de soja, 1 citron (jus), 2 œufs, 40 g de levure maltée, 2 c. à s. d'huile d'olive, 1 c. à s. de curry, sel, poivre.

Et aussi

MAI

2024

Lundi 20 — *Férié* — *Lundi de Pentecôte*

Œufs aux haricots rouges épicés

10 mn · 15 mn · 470 kcal

Mardi 21

Sauté de colin aux champignons

10 mn · 25 mn · 400 kcal

Mercredi 22

Salade asiatique de bœuf haché

10 mn · 10 mn · 470 kcal

Jeudi 23

Pâtes crémeuses aux courgettes

10 mn · 25 mn · 250 kcal

Vendredi 24

Flan de brocolis, jambon et amandes

15 mn · 35 mn · 390 kcal

Samedi 25

Poulet sauce aigre douce à l'ananas

15 mn · 1 h · 485 kcal

Dimanche 26

Tarte aux oignons, courgettes et jambon

10 mn · 30 mn · 410 kcal

46

Recettes

Pour 4 personnes

Faire revenir 2 oignons émincés + 2 gousses d'ail hachées 5 mn dans 2 c. à s. d'huile. Ajouter 400 g de haricots rouges cuits + 50 cl de sauce tomate + 1 c. à s. de sauce soja + ½ c. à c. de piment fort + 1 c. à c. de paprika + 10 g de persil haché + sel, mélanger, cuire 5 mn. Ajouter 8 œufs, les cuire au plat 5 mn.

Faire revenir 2 oignons émincés + 2 gousses d'ail et 30 g de gingembre hachés + 500 g de pommes de terre coupées en dés 10 mn dans 4 c. à s. d'huile + sel. Ajouter 600 g de filets de colin + 400 g de champignons, cuire 5 mn. Verser 10 cl de vinaigre de riz + 2 c. à s. de sauce soja + 5 g de persil haché + sel, mélanger, laisser mijoter 10 mn à feu doux.

Faire revenir 500 g de bœuf haché 10 mn dans 1 c. à s. d'huile de sésame + ½ c. à c. de piment. En fin de cuisson, ajouter 2 c. à s. d'eau, mélanger. Dans un saladier, mélanger 3 c. à s. d'huile de sésame + le jus de 2 citrons + 5 g de menthe et 5 g de coriandre hachées + sel. Ajouter 2 oignons rouges émincés + 1 concombre en fines lamelles + 200 g de pois chiches cuits + la viande de bœuf, mélanger le tout, saupoudrer 20 g de graines de sésame.

Cuire 300 g de pâtes 8 mn dans de l'eau bouillante. Faire revenir ½ oignon coupé en dés dans 1 filet d'huile 5 mn. Ajouter 4 gousses d'ail hachées + 2 courgettes coupées en quartiers. Cuire 10 mn. Mixer la poêlée avec 3 c. à s. de levure nutritionnelle + 6 cl d'eau + 19 cl de lait d'amande + 1 c. à s. de beurre de noix de cajou + le jus d'½ citron + poivre jusqu'à obtenir une consistance lisse. Mélanger la sauce obtenue avec les pâtes.

Préchauffer le four à 180 °C. Cuire 400 g de brocolis coupés en morceaux 8 mn à la vapeur. Dans un saladier, mélanger 4 œufs + 50 cl de lait de soja + 1 c. à c. de bouillon de légumes + 1 c. à s. de curry + sel + poivre. Ajouter 1 gousse d'ail hachée + 400 g de dés de jambon + 40 g d'amandes concassées. Ajouter les brocolis égouttés, mélanger. Verser le tout dans un plat, enfourner 25 mn. Saupoudrer 40 g de levure maltée.

Rincer et cuire 200 g de riz complet 40 mn dans 40 cl d'eau salée. Faire revenir 400 g de poulet en morceaux + 2 oignons émincés 5 mn dans 2 c. à s. d'huile de sésame. Verser 10 cl de vin blanc, cuire 5 mn. Ajouter 2 c. à s. de concentré de tomates + 2 c. à s. de sauce soja + 1 c. à s. de miel + 1 c. à s. de farine, laisser épaissir en mélangeant 2 mn à feu doux. Ajouter 400 g d'ananas en morceaux, cuire 10 mn à feu doux. Servir avec le riz.

Préchauffer le four à 180 °C. Dans un saladier, couper en fines rondelles 2 courgettes et 2 oignons, les imbiber de 2 c. à s. d'huile d'olive + 1 c. à c. de coriandre + sel + poivre. Dans un moule, étaler et piquer 1 pâte à pizza. Verser le mélange : 2 c. à s. de moutarde + 2 c. à s. de tahini + 15 cl de lait de soja. Répartir les rondelles et 200 g d'allumettes de jambon uniformément. Enfourner 30 mn. Saupoudrer 40 g de levure maltée.

Courses

Pour 4 personnes

○ Œufs aux haricots rouges épicés

8 œufs, 400 g de haricots rouges cuits, 50 cl de sauce tomate, 2 oignons, 2 gousses d'ail, 10 g de persil, 2 c. à s. d'huile, 1 c. à s. de sauce soja, 1 c. à c. de paprika, ½ c. à c. de piment fort, sel.

○ Sauté de colin aux champignons

600 g de filets de colin, 400 g de champignons, 500 g de pommes de terre, 2 oignons, 2 gousses d'ail, 30 g de gingembre, 10 cl de vinaigre de riz, 4 c. à s. d'huile, 2 c. à s. de sauce soja, 5 g de persil, sel.

○ Salade asiatique de bœuf haché

500 g de bœuf haché, 1 concombre, 2 oignons rouges, 200 g de pois chiches cuits, 2 citrons, 4 c. à s. d'huile de sésame, 20 g de graines de sésame, 5 g de menthe, 5 g de coriandre, ½ c. à c. de piment, sel.

○ Pâtes crémeuses aux courgettes

300 g de pâtes, 2 courgettes, 1 c. à s. d'huile, 4 gousses d'ail, ½ oignon, ½ citron, 19 cl de lait d'amande, 20 g de basilic, 3 c. à s. de levure nutritionnelle, 1 c. à s. de beurre de noix de cajou, poivre.

○ Flan de brocolis, jambon et amandes

400 g de brocolis, 400 g de dés de jambon, 40 g d'amandes, 4 œufs, 1 gousse d'ail, 50 cl de lait de soja, 40 g de levure maltée, 1 c. à s. de curry, 1 c. à c. de bouillon de légumes, sel, poivre.

○ Poulet sauce aigre douce à l'ananas

400 g de poulet, 400 g d'ananas, 200 g de riz complet, 2 oignons, 10 cl de vin blanc, 2 c. à s. d'huile de sésame, 2 c. à s. de concentré de tomates, 2 c. à s. de sauce soja, 1 c. à s. de miel, 1 c. à s. de farine, sel.

○ Tarte aux oignons, courgettes et jambon

1 pâte à pizza, 200 g d'allumettes de jambon, 2 oignons, 2 courgettes, 15 cl de lait de soja, 40 g de levure maltée, 2 c. à s. de moutarde, 2 c. à s. de tahini, 2 c. à s. d'huile d'olive, 1 c. à c. de coriandre, sel.

Et aussi

MAI/JUIN 2024

Lundi **27**	Salade de riz aux avocats et crevettes	15 mn 30 mn 550 kcal	
Mardi **28**	Pâtes au brocoli sauce parmesan	10 mn 15 mn 440 kcal	
Mercredi **29**	Moussaka de courgettes	15 mn 40 mn 380 kcal	
Jeudi **30**	Salade de riz au thon	15 mn 30 mn 475 kcal	
Vendredi **31**	Galette coréenne aux crevettes	10 mn 15 mn 550 kcal	
Samedi **1**	Saumon mariné à la japonaise	10 mn 30 mn 1 h 525 kcal	
Dimanche **2**	Flan de poulet aux légumes	20 mn 1 h 380 kcal	

48

Recettes

Pour 4 personnes

Rincer et cuire 200 g de riz complet 30 mn dans 40 cl d'eau salée, laisser refroidir. Dans un saladier, mélanger : 2 c. à s. de crème de soja + 2 c. à s. de vinaigre balsamique + 1 c. à c. d'herbes de Provence + sel + poivre. Ajouter les feuilles lavées d'1 batavia + 2 avocats coupés en morceaux + 16 crevettes décortiquées + le riz. Saupoudrer 40 g de levure maltée, mélanger le tout.

Faire cuire 300 g de pâtes al dente (selon les indications du paquet). Faire revenir 1 brocoli coupé en petits morceaux + 2 oignons émincés + 2 gousses d'ail hachées 10 mn dans 2 c. à s. d'huile d'olive + sel. Ajouter les pâtes égouttées + 2 c. à s. d'eau de cuisson, mélanger. Verser 2 yaourts nature + 40 g de parmesan râpé + 5 g de ciboulette hachée + 1 c. à c. d'origan + sel + poivre, mélanger, cuire 5 mn à feu doux. Saupoudrer 40 g de levure maltée.

Préchauffer le four à 180 °C. Faire revenir 4 courgettes en fines rondelles 8 mn dans 1 c. à s. d'huile d'olive + sel. Dans une autre poêle, cuire 400 g de viande hachée + 2 gousses d'ail 6 mn dans 1 c. à s. d'huile. Dans un plat, verser le mélange de viande, ajouter les courgettes, recouvrir de la préparation : 40 cl de coulis de tomates + 1 c. à c. d'origan + ½ c. à c. de piment + sel + poivre. Enfourner 25 mn. Saupoudrer 60 g de levure maltée.

Rincer et cuire 200 g de riz complet 30 mn dans 40 cl d'eau salée. Égoutter et laisser refroidir. Dans un saladier, mélanger 3 c. à s. d'huile d'olive + 2 c. à s. de vinaigre balsamique + 5 g de persil haché + sel + poivre. Ajouter 1 concombre et 2 carottes en petits dés + 2 oignons rouges émincés, mélanger et laisser mariner. Ajouter le riz + 20 g d'olives vertes + 1 avocat coupé en dés + 280 g de thon au naturel, mélanger le tout.

Dans un saladier, mélanger 260 g de farine + 60 cl d'eau + 6 œufs. Ajouter 400 g de crevettes en morceaux + 1 oignon haché + ½ c. à c. de piment + sel + poivre, mélanger. Verser 1 c. à s. d'huile de sésame + le mélange dans une poêle, cuire 8 mn à feu moyen. Retourner délicatement la galette, cuire 8 mn. Préparer la sauce : 2 c. à s. d'huile de sésame + 2 c. à s. de sauce soja + 1 c. à s. de vinaigre de riz + 1 c. à c. de miel + 5 g de ciboulette hachée.

Mélanger 2 c. à s. de vinaigre de riz + 2 c. à s. de sauce soja + 2 gousses d'ail + 30 g de gingembre haché, ajouter 400 g de saumon cru coupé en fines tranches, mélanger, laisser mariner 1 h au frais. Rincer et cuire 150 g de riz dans 30 cl d'eau + sel, cuire 30 mn. Répartir dans 4 bols le riz + 1 concombre et 1 avocat coupés en tranches + le saumon. Verser la sauce : 2 c. à s. d'huile de sésame + 2 c. à s. de sauce soja + 20 g de graines de sésame.

Préchauffer le four à 180 °C. Faire revenir 2 carottes et 2 poivrons rouges coupés en dés + 1 oignon émincé 10 mn dans 2 c. à s. d'huile d'olive + sel. Ajouter 400 g de poulet + 2 courgettes coupés en dés, cuire 8 mn à feu doux. Déposer le tout dans un plat, recouvrir du mélange : 3 œufs + 50 cl de lait de soja + 20 g de farine + 1 c. à c. d'origan + sel + poivre. Enfourner 40 mn.

Courses

Pour 4 personnes

○ Salade de riz aux avocats et crevettes

200 g de riz complet, 2 avocats, 16 crevettes, 1 batavia, 2 c. à s. de crème de soja, 2 c. à s. de vinaigre balsamique, 1 c. à c. d'herbes de Provence, 40 g de levure maltée, sel, poivre.

○ Pâtes au brocoli sauce parmesan

300 g de pâtes, 1 brocoli, 2 oignons, 2 gousses d'ail, 2 yaourts nature, 40 g de parmesan, 40 g de levure maltée, 2 c. à s. d'huile d'olive, 5 g de ciboulette, 1 c. à c. d'origan, sel, poivre.

○ Moussaka de courgettes

4 courgettes, 400 g de viande hachée, 2 gousses d'ail, 40 cl de coulis de tomates, 2 c. à s. d'huile, 1 c. à c. d'origan, ½ c. à c. de piment, 60 g de levure maltée, sel, poivre.

○ Salade de riz au thon

280 g de thon au naturel, 200 g de riz complet, 2 carottes, 1 avocat, 1 concombre, 2 oignons rouges, 20 g d'olives vertes, 3 c. à s. d'huile d'olive, 2 c. à s. de vinaigre balsamique, 5 g de persil, sel, poivre.

○ Galette coréenne aux crevettes

6 œufs, 400 g de crevettes, 260 g de farine, 1 oignon, 3 c. à s. d'huile de sésame, 2 c. à s. de sauce soja, 1 c. à s. de vinaigre de riz, 1 c. à c. de miel, 5 g de ciboulette, ½ c. à c. de piment, sel, poivre.

○ Saumon mariné à la japonaise

400 g de saumon cru, 150 g de riz, 1 avocat, 1 concombre, 2 gousses d'ail, 30 g de gingembre, 4 c. à s. de sauce soja, 2 c. à s. de vinaigre de riz, 2 c. à s. d'huile de sésame, 20 g de graines de sésame, sel.

○ Flan de poulet aux légumes

400 g de poulet, 2 carottes, 2 poivrons rouges, 2 courgettes, 1 oignon, 50 cl de lait de soja, 3 œufs, 20 g de farine, 2 c. à s. d'huile d'olive, 1 c. à c. d'origan, sel, poivre.

Et aussi

JUIN

2024

Lundi 3	Nouilles sautées à la dinde et aux aubergines	10 mn 25 mn 460 kcal	
Mardi 4	Quiche au thon et poivrons	15 mn 40 mn 475 kcal	
Mercredi 5	Tarte aux tomates	15 mn 30 mn 400 kcal	
Jeudi 6	Salade de pâtes au jambon, fraises et feta	15 mn 445 kcal	
Vendredi 7	Poulet à la rhubarbe	15 mn 45 mn 380 kcal	
Samedi 8	Taboulé de chou-fleur vegan	10 mn 1 h 380 kcal	
Dimanche 9	Curry de lotte vietnamien	15 mn 1 h 580 kcal	

Recettes

Pour 4 personnes

Cuire 300 g de nouilles (selon les indications du paquet). Dans un wok, faire revenir 2 aubergines coupées en dés 15 mn dans 2 c. à s. d'huile + sel. Ajouter 250 g d'allumettes de dinde + 1 oignon émincé + 2 gousses d'ail hachées, cuire 5 mn. Ajouter 40 cl de coulis de tomates + 1 c. à s. de vinaigre + 1 c. à c. de paprika + sel, mélanger et cuire 5 mn à feu doux. Ajouter les pâtes égouttées + 5 g de basilic haché, mélanger et cuire 3 mn.

Préchauffer le four à 180 °C. Faire revenir 1 oignon émincé + 2 poivrons rouges coupés en fines lamelles 10 mn dans 2 c. à s. d'huile d'olive + sel. Dans un saladier, mélanger 280 g de thon émietté + 2 yaourts nature + 2 c. à s. de curry + sel + poivre, ajouter le contenu de la poêle et mélanger. Dans un moule, étaler et piquer 1 pâte brisée, verser le mélange du saladier, enfourner 30 mn. Saupoudrer 60 g de levure maltée.

Préchauffer le four à 180 °C. Dans un saladier, faire mariner 250 g de tomates cerises coupées en 2 + 200 g de tofu émietté + 1 oignon émincé dans 1 c. à s. d'huile + 2 c. à s. de vinaigre balsamique + sel. Dans un moule, étaler et piquer 1 pâte à pizza, répartir le mélange : 2 yaourts nature + 2 c. à s. de moutarde + sel. Verser uniformément la marinade, saupoudrer 20 g de graines de courge, enfourner 30 mn. Saupoudrer 40 g de levure maltée.

Cuire 200 g de pâtes al dente (selon les indications du paquet). Dans un saladier, mélanger : 3 c. à s. d'huile d'olive + 2 c. à s. de vinaigre balsamique + 1 c. à c. de moutarde + sel + poivre. Ajouter 300 g de dés de jambon + 40 g de feta + 2 concombres coupés en dés + 100 g de fraises coupées en 2 + 40 g de noix concassées + les pâtes égouttées. Hacher 10 g de basilic, ajouter à la préparation, mélanger le tout.

Dans une casserole, faire revenir 2 oignons émincés + 180 g de rhubarbe 6 mn dans 2 c. à s. d'huile + sel. Ajouter 30 g de gingembre haché + 2 c. à s. de miel, bien mélanger et cuire 5 mn. Ajouter 600 g de poulet coupé en morceaux + 15 cl de vin blanc, mélanger, cuire 5 mn. Verser 20 cl d'eau + 1 c. à s. de bouillon de légumes, mélanger et laisser bouillir. Ajouter 5 g de coriandre hachée + sel + poivre, laisser mijoter 30 mn à feu doux.

Mixer finement 500 g de chou-fleur, ajouter 1 échalote hachée + 3 c. à s. d'huile + 2 c. à s. de vinaigre de cidre + sel, mélanger et laisser mariner 1 h au frais. Ajouter 400 g de tofu fumé + 3 tomates + 1 concombre coupé en dés + 250 g de pois chiches cuits égouttés. Ajouter 10 g de menthe ciselée + 40 g de graines de courge, mélanger le tout.

Rincer 300 g de riz complet, ajouter 60 cl d'eau + sel, cuire 30 mn après ébullition. Dans une casserole, faire revenir 1 oignon émincé + 2 gousses d'ail hachées 5 mn dans 2 c. à s. d'huile. Ajouter 400 g de lotte coupée en morceaux + le jus de 2 citrons, cuire 10 mn à feu moyen. Verser 50 cl de lait de coco + 2 c. à s. de curry + 1 c. à c. de curcuma + 5 g de coriandre hachée + sel + poivre, mélanger et laisser cuire 15 mn à feu doux.

Courses

Pour 4 personnes

○ Nouilles sautées à la dinde et aux aubergines

300 g de nouilles, 2 aubergines, 250 g d'allumettes de dinde, 1 oignon, 2 gousses d'ail, 40 cl de coulis de tomates, 2 c. à s. d'huile, 1 c. à s. de vinaigre, 5 g de basilic, 1 c. à c. de paprika, sel.

○ Quiche au thon et poivrons

1 pâte brisée, 280 g de thon, 2 poivrons rouges, 1 oignon, 2 yaourts nature, 2 c. à s. de curry, 2 c. à s. d'huile d'olive, 60 g de levure maltée, sel, poivre.

○ Tarte aux tomates

1 pâte à pizza, 250 g de tomates cerises, 200 g de tofu, 1 oignon, 2 yaourts nature, 2 c. à s. de moutarde, 2 c. à s. de vinaigre balsamique, 1 c. à s. d'huile, 20 g de graines de courge, 40 g de levure maltée, sel.

○ Salade de pâtes au jambon, fraises et feta

200 g de pâtes, 300 g de dés de jambon, 100 g de fraises, 40 g de feta, 2 concombres, 40 g de noix, 10 g de basilic, 3 c. à s. d'huile d'olive, 2 c. à s. de vinaigre balsamique, 1 c. à c. de moutarde, sel, poivre.

○ Poulet à la rhubarbe

600 g de poulet, 180 g de rhubarbe, 15 cl de vin blanc, 30 g de gingembre, 2 oignons, 5 g de coriandre, 2 c. à s. d'huile, 2 c. à s. de miel, 1 c. à s. de bouillon de légumes, sel, poivre.

○ Taboulé de chou-fleur vegan

500 g de chou-fleur, 400 g de tofu fumé, 3 tomates, 1 concombre, 250 g de pois chiches cuits, 1 échalote, 40 g de graines de courge, 10 g de menthe, 3 c. à s. d'huile, 2 c. à s. de vinaigre de cidre, sel.

○ Curry de lotte vietnamien

400 g de lotte, 300 g de riz complet, 1 oignon, 2 gousses d'ail, 2 citrons (jus), 50 cl de lait de coco, 5 g de coriandre, 2 c. à s. d'huile, 2 c. à s. de curry, 1 c. à c. de curcuma, sel, poivre.

51

Et aussi

JUIN 2024

Jour	Recette	Préparation	Cuisson	Repos	Calories
Lundi 10	Pâtes aux petits pois et jambon cru	15 mn	20 mn		560 kcal
Mardi 11	Aubergines et tofu rôti à la japonaise	10 mn	50 mn		570 kcal
Mercredi 12	Risotto de crabe au citron	30 mn	30 mn		395 kcal
Jeudi 13	Salade de blé au poulet et melon	15 mn	50 mn		410 kcal
Vendredi 14	Gratin de courgettes, poivrons et riz	20 mn	55 mn		380 kcal
Samedi 15	Tarte fraîche au concombre et jambon	10 mn	20 mn	2 h	430 kcal
Dimanche 16	Purée de pois cassés et saucisses de dinde	10 mn	55 mn	1 nuit	400 kcal

 52

Recettes

Pour 4 personnes

Cuire 300 g de pâtes al dente (selon les indications du paquet). Cuire 300 g de petits pois écossés 8 mn à la vapeur. Faire revenir 2 oignons émincés 5 mn dans 1 c. à s. d'huile d'olive. Ajouter 1 yaourt + 1 c. à s. de sauce soja + poivre, cuire 3 mn à feu doux. Ajouter les pâtes + les petits pois égouttés + 2 c. à s. d'eau de cuisson des pâtes, mélanger, cuire 5 mn. Couper le feu, ajouter 200 g de jambon cru coupé en morceaux + 40 g de levure maltée, mélanger le tout.

Rincer 300 g de riz complet, ajouter 60 cl d'eau + sel, cuire 30 mn après ébullition. Préchauffer le four à 180 °C. Dans un saladier, mélanger 3 c. à s. d'huile de sésame + 2 c. à s. de pâte miso + 2 c. à s. de sauce soja + 1 c. à s. de miel + 30 g de gingembre haché, mélanger. Ajouter 2 aubergines et 400 g de tofu coupés en dés, mélanger et verser le tout dans un plat. Enfourner 20 mn. Saupoudrer 10 g de graines de sésame.

Dans une casserole, faire revenir 1 oignon émincé + 2 gousses d'ail hachées 5 mn dans 4 c. à s. d'huile d'olive. Verser 250 g de riz à risotto, mélanger et ajouter le jus + zeste d'1 citron. Verser 1 l d'eau mélangée à 1 c. à c. de bouillon de légumes petit à petit en mélangeant, cuire 15 mn. Ajouter 300 g de chair de crabe + 1 c. à c. de thym + sel, mélanger, cuire 5 mn à feu doux. Couper le feu, ajouter 60 g de levure maltée, bien mélanger.

Laver et cuire 200 g de blé complet 40 mn dans 60 cl d'eau + sel, égoutter et laisser refroidir. Faire revenir 400 g de poulet coupé en dés 8 mn dans 1 c. à s. d'huile d'olive. Dans un saladier, mélanger 2 c. à s. d'huile d'olive + 2 c. à s. de vinaigre balsamique + 1 c. à s. de moutarde + 1 c. à c. d'origan + sel + poivre. Ajouter 1 melon et 3 tomates coupés en dés + 100 g de feuilles de mâche + le poulet + le blé, mélanger le tout.

Préchauffer le four à 200 °C. Faire revenir 2 courgettes et 2 poivrons rouges coupés en fines lamelles + 2 gousses d'ail hachées 10 mn dans 2 c. à s. d'huile d'olive + sel. Ajouter 80 g de riz, mélanger, couvrir et laisser cuire 15 mn. Dans un plat, verser le contenu de la poêle, recouvrir du mélange : 2 œufs + 20 cl de crème de soja + 2 c. à s. de moutarde + 5 g de basilic haché + sel + poivre, bien mélanger. Saupoudrer 40 g de gruyère, enfourner 30 mn.

Préchauffer le four à 200 °C. Dans un moule, étaler et piquer 1 pâte feuilletée, recouvrir de billes de cuisson et enfourner 20 mn. Dans un saladier, mélanger 400 g de fromage blanc nature + 2 gousses d'ail + 10 g de menthe hachée + 1 c. à s. de moutarde + 1 c. à s. d'herbes de Provence + sel + poivre. Ajouter 1 concombre en lamelles + 250 g de dés de jambon, mélanger. Verser le mélange sur le fond de tarte refroidi, réserver 2 h au frigo.

Faire tremper 250 g de pois cassés une nuit. Égoutter et rincer, les cuire dans 2 l d'eau + 1 c. à s. de bouillon de légumes, 40 mn après ébullition. Mixer, ajouter 1 c. à c. de piment d'Espelette + 1 c. à c. de thym + 1 c. à s. d'huile d'olive, bien mélanger. Dans une poêle, faire revenir 600 g de saucisses de dinde, 15 mn à feu moyen. Servir avec la purée.

Courses

Pour 4 personnes

○ Pâtes aux petits pois et jambon cru

300 g de pâtes, 300 g de petits pois écossés, 200 g de jambon cru, 2 oignons, 1 yaourt, 1 c. à s. d'huile d'olive, 1 c. à s. de sauce soja, 40 g de levure maltée, sel, poivre.

○ Aubergines et tofu rôti à la japonaise

300 g de riz complet, 2 aubergines, 400 g de tofu ferme, 30 g de gingembre, 10 g de graines de sésame, 3 c. à s. d'huile de sésame, 2 c. à s. de pâte miso, 2 c. à s. de sauce soja, 1 c. à s. de miel, sel.

○ Risotto de crabe au citron

250 g de riz à risotto, 300 g de chair de crabe, 1 citron (zeste + jus), 1 oignon, 2 gousses d'ail, 60 g de levure maltée, 4 c. à s. d'huile, 1 c. à c. de bouillon de légumes, 1 c. à c. de thym, sel.

○ Salade de blé au poulet et melon

200 g de blé complet, 400 g de poulet, 1 melon, 3 tomates, 100 g de feuilles de mâche, 3 c. à s. d'huile d'olive, 2 c. à s. de vinaigre balsamique, 1 c. à s. de moutarde, 1 c. à c. d'origan, sel, poivre.

○ Gratin de courgettes, poivrons et riz

2 courgettes, 2 poivrons rouges, 80 g de riz, 2 œufs, 2 gousses d'ail, 40 g de gruyère, 20 cl de crème de soja, 2 c. à s. d'huile d'olive, 2 c. à s. de moutarde, 5 g de basilic, sel, poivre.

○ Tarte fraîche au concombre et jambon

1 pâte feuilletée, 1 concombre, 250 g de dés de jambon, 400 g de fromage blanc nature, 2 gousses d'ail, 10 g de menthe, 1 c. à s. de moutarde, 1 c. à s. d'herbes de Provence, sel, poivre.

○ Purée de pois cassés et saucisses de dinde

600 g de saucisses de dinde, 250 g de pois cassés, 1 c. à s. de bouillon de légumes, 1 c. à s. d'huile d'olive, 1 c. à c. de piment d'Espelette, 1 c. à c. de thym.

Et aussi

JUIN 2024

Lundi
17
Cabillaud rôti et purée de petits pois
20 mn
30 mn
410 kcal

Mardi
18
Crevettes aux fèves et pommes de terre
10 mn
20 mn
380 kcal

Mercredi
19
Spaghettis aux blettes et jambon
10 mn
20 mn
590 kcal

Jeudi
20
Chakchouka aux poivrons
15 mn
40 mn
580 kcal

Vendredi
21
Bulgogi au bœuf et chou-fleur
10 mn
15 mn
30 mn
370 kcal

Samedi
22
Soupe froide de melons et jambon cru
10 mn
1 h
490 kcal

Dimanche
23
Riz aux calamars épicés
15 mn
40 mn
360 kcal

Recettes

Pour 4 personnes

Préchauffer le four à 180 °C. Dans un plat, déposer 600 g de cabillaud, recouvrir du mélange : 3 c. à s. de vinaigre balsamique + 2 c. à s. d'huile d'olive + 1 c. à s. de miel + sel + poivre, enfourner 20 mn. Faire cuire 800 g de petits pois 10 mn à la vapeur. Égoutter les petits pois, ajouter 2 gousses d'ail + 200 g de yaourt grec + ½ c. à c. de piment + sel + poivre, mixer le tout, jusqu'à obtention d'une texture fluide.

Faire revenir 1 oignon émincé + 400 g de pommes de terre coupées en dés 15 mn dans 3 c. à s. d'huile d'olive + sel. Ajouter 400 g de fèves pelées, mélanger, cuire 5 mn. Ajouter 400 g de crevettes décortiquées + 1 c. à s. de sauce soja + 5 g de persil + 5 g de menthe hachée + sel + poivre, bien mélanger, cuire 5 mn.

Cuire 250 g de spaghettis al dente (selon les indications du paquet). Faire revenir 1 oignon émincé + 500 g de blettes ciselées 10 mn dans 2 c. à s. d'huile d'olive + sel. Ajouter 200 g d'allumettes de jambon, cuire 5 mn. Verser 20 cl de crème de soja + 1 c. à c. d'origan + sel + poivre, mélanger, cuire 5 mn à feu doux. Ajouter le mélange aux spaghettis égouttés, verser 40 g de levure maltée, bien mélanger.

Dans un saladier, verser 400 g de semoule + sel + 70 cl d'eau bouillante, couvrir, laisser gonfler. Ajouter 1 c. à s. d'huile d'olive, mélanger. Faire revenir 1 oignon, 2 poivrons rouges et 1 poivron jaune coupés en fines lamelles 15 mn dans 2 c. à s. d'huile + sel. Ajouter 3 tomates coupées en dés + 1 c. à c. de cumin + 1 c. à c. de paprika + 1 c. à c. de piment + sel + poivre, mélanger, laisser mijoter à feu doux 20 mn. Ajouter 4 œufs, cuire 5 mn.

Dans un saladier, mélanger : 4 c. à s. d'huile de sésame + 2 c. à s. de sauce soja + 1 c. à s. de sirop d'agave + 20 g de gingembre haché + ½ c. à c. de piment + sel + poivre. Ajouter 600 g de steak de bœuf coupé en fines lamelles + 500 g de chou-fleur coupé en petits morceaux + 2 oignons nouveaux émincés, mélanger, puis laisser mariner 30 mn. Faire revenir le tout 15 mn à feu moyen.

Dans un saladier, mélanger : 2 melons et 1 concombre coupés en morceaux + le jus et zeste d'1 citron + 1 yaourt nature + 20 cl de lait de soja + poivre, mixer le tout jusqu'à obtention d'une texture fluide. Ajouter 10 g de menthe hachée + 20 g d'amandes concassées, mélanger puis réserver 1 h au frigo. Servir avec 400 g de jambon cru.

Dans une casserole, faire revenir 2 oignons émincés + 1 poivron vert coupé en dés 5 mn dans 2 c. à s. d'huile + sel. Ajouter 500 g d'anneaux de calamars + 2 tomates coupées en dés + 10 cl de vin blanc, cuire 5 mn. Verser 250 g de riz complet + 1 c. à c. de paprika + 1 c. à c. de piment + sel, bien mélanger. Verser petit à petit 50 cl d'eau + 1 c. à s. de bouillon de légumes, couvrir, laisser mijoter 30 mn à feu doux.

Courses

Pour 4 personnes

○ **Cabillaud rôti et purée de petits pois**

600 g de cabillaud, 800 g de petits pois, 200 g de yaourt grec, 2 gousses d'ail, 3 c. à s. de vinaigre balsamique, 2 c. à s. d'huile d'olive, 1 c. à s. de miel, ½ c. à c. de piment, sel, poivre.

○ **Crevettes aux fèves et pommes de terre**

400 g de crevettes décortiquées, 400 g de fèves pelées, 400 g de pommes de terre, 1 oignon, 3 c. à s. d'huile d'olive, 1 c. à s. de sauce soja, 5 g de persil, 5 g de menthe, sel, poivre.

○ **Spaghettis aux blettes et jambon**

250 g de spaghettis, 500 g de blettes, 200 g d'allumettes de jambon, 1 oignon, 40 g de levure maltée, 20 cl de crème de soja, 2 c. à s. d'huile d'olive, 1 c. à c. d'origan, sel, poivre.

○ **Chakchouka aux poivrons**

400 g de semoule, 2 poivrons rouges, 1 poivron jaune, 4 œufs, 3 tomates, 1 oignon, 3 c. à s. d'huile d'olive, 1 c. à c. de cumin, 1 c. à c. de paprika, 1 c. à c. de piment, sel, poivre.

○ **Bulgogi au bœuf et chou-fleur**

600 g de steak de bœuf, 500 g de chou-fleur, 2 oignons nouveaux, 20 g de gingembre, 4 c. à s. d'huile de sésame, 2 c. à s. de sauce soja, 1 c. à s. de sirop d'agave, ½ c. à c. de piment, sel, poivre.

○ **Soupe froide de melons et jambon cru**

400 g de jambon cru, 2 melons, 1 concombre, 1 citron (jus + zeste), 1 yaourt nature, 20 cl de lait de soja, 20 g d'amandes, 10 g de menthe, poivre.

○ **Riz aux calamars épicés**

500 g d'anneaux de calamars, 250 g de riz complet, 10 cl de vin blanc, 2 tomates, 2 oignons, 1 poivron vert, 2 c. à s. d'huile, 1 c. à s. de bouillon de légumes, 1 c. à c. de paprika, 1 c. à c. de piment, sel.

Et aussi

JUIN

2024

Lundi **24**

Tarte aux petits pois et à la menthe

10 mn
40 mn
580 kcal

Mardi **25**

Salade de chou-rave et carottes au thon

15 mn
350 kcal

Mercredi **26**

Salade quinoa, avocat et jambon

10 mn
15 mn
450 kcal

Jeudi **27**

Truite aux amandes et purée de carottes

15 mn
45 mn
460 kcal

Vendredi **28**

Sauté de bœuf haché aux fèves et citron

10 mn
20 mn
420 kcal

Samedi **29**

Tarte aux aubergines braisées

20 mn
50 mn
365 kcal

Dimanche **30**

Poulet à la crème de curry légère

10 mn
30 mn
1 h
400 kcal

56

Recettes

Pour 4 personnes

Préchauffer le four à 180 °C. Cuire 300 g de petits pois 8 mn à la vapeur. Dans un moule, étaler et piquer 1 pâte brisée. Bien répartir le mélange : 3 œufs + 200 g de fromage blanc + 15 cl de crème de soja + 15 g de menthe hachée + sel + les petits pois égouttés. Saupoudrer 40 g de parmesan. Enfourner 30 mn.

Dans un saladier, mélanger : 3 c. à s. d'huile de sésame + 1 c. à s. de sauce soja + 1 c. à c. de moutarde + sel + poivre. Ajouter 800 g de chou-rave + 4 carottes râpées + 1 oignon rouge émincé. Ajouter 280 g de thon au naturel émietté + 40 g de noix concassées + 20 g de graines de sésame. Hacher 10 g de persil, l'ajouter à la salade, bien mélanger le tout.

Bien rincer et cuire 200 g de quinoa dans 40 cl d'eau + sel 15 mn après ébullition. Couvrir, laisser gonfler. Dans un saladier, mélanger 3 c. à s. d'huile + 2 c. à s. de vinaigre de cidre + 1 c. à s. de moutarde + 1 c. à c. de curry + 1 c. à c. d'herbes de Provence + sel + poivre. Ajouter 1 avocat coupé en morceaux + 200 g de dés de jambon + 150 g de tomates cerises coupées en 2 + 50 g de roquette. Verser le quinoa, mélanger le tout.

Préchauffer le four à 200 °C. Dans un plat, badigeonner 600 g de filets de truite avec 3 c. à s. d'huile + sel + poivre, saupoudrer 40 g d'amandes effilées, enfourner 25 mn. Cuire 500 g de carottes et 400 g de pommes de terre coupées en morceaux dans de l'eau salée, 20 mn après ébullition. Mixer les légumes égouttés jusqu'à obtention d'une texture fluide, ajouter 15 cl de lait de coco + ½ c. à c. de noix de muscade + sel + poivre, mélanger.

Dans un wok, faire revenir 2 oignons émincés + 1 gousse d'ail hachée 5 mn dans 3 c. à s. d'huile d'olive. Ajouter 400 g de bœuf haché + 2 courgettes coupées en fines rondelles + le jus et zeste d'1 citron + 1 c. à c. de cumin + sel + poivre, mélanger, cuire 10 mn. Ajouter 400 g de fèves pelées + 20 g d'olives vertes, mélanger, cuire 5 mn à feu doux.

Préchauffer le four à 180 °C. Faire revenir 2 aubergines coupées en rondelles 15 mn dans 2 c. à s. d'huile d'olive + sel. Ajouter 1 oignon et 2 gousses d'ail hachés + 2 c. à s. de vinaigre balsamique + 1 c. à s. de miel, mélanger, cuire 5 mn. Dans un moule, étaler et piquer 1 pâte brisée, répartir 3 c. à s. de concentré de tomates dans le fond, verser la poêlée. Saupoudrer 40 g de feta émiettée + 1 c. à c. de thym. Enfourner 30 mn.

Dans un saladier, mélanger 2 yaourts nature + 2 c. à s. de curry + 1 c. à c. de cumin + 1 c. à s. de sauce soja + sel + poivre, ajouter 500 g de poulet en morceaux, mélanger, laisser mariner 1 h au frais. Faire revenir 400 g de pommes de terre en dés + 2 oignons émincés + 2 gousses d'ail hachées 15 mn dans 2 c. à s. d'huile d'olive + sel. Ajouter 2 courgettes coupées en rondelles, cuire 5 mn. Ajouter le poulet mariné, mélanger, cuire 10 mn à feu doux.

Courses

Pour 4 personnes

○ Tarte aux petits pois et à la menthe

1 pâte brisée, 300 g de petits pois, 15 g de menthe, 3 œufs, 200 g de fromage blanc, 15 cl de crème de soja, 40 g de parmesan, sel, poivre.

○ Salade de chou-rave et carottes au thon

800 g de chou-rave, 4 carottes, 280 g de thon au naturel, 1 oignon rouge, 40 g de noix, 20 g de graines de sésame, 10 g de persil, 3 c. à s. d'huile de sésame, 1 c. à s. de sauce soja, 1 c. à c. de moutarde, sel.

○ Salade quinoa, avocat et jambon

200 g de quinoa, 1 avocat, 200 g de dés de jambon, 150 g de tomates cerises, 50 g de roquette, 3 c. à s. d'huile, 2 c. à s. de vinaigre de cidre, 1 c. à s. de moutarde, 1 c. à c. de curry, 1 c. à c. d'herbes de Provence.

○ Truite aux amandes et purée de carottes

600 g de filets de truite, 500 g de carottes, 400 g de pommes de terre, 40 g d'amandes effilées, 15 cl de lait de coco, 3 c. à s. d'huile, ½ c. à c. de noix de muscade, sel, poivre.

○ Sauté de bœuf haché aux fèves et citron

400 g de bœuf haché, 400 g de fèves pelées, 1 citron (jus + zeste), 2 courgettes, 2 oignons, 1 gousse d'ail, 20 g d'olives vertes, 3 c. à s. d'huile d'olive, 1 c. à c. de cumin, sel, poivre.

○ Tarte aux aubergines braisées

1 pâte brisée, 2 aubergines, 1 oignon, 2 gousses d'ail, 40 g de feta, 3 c. à s. de concentré de tomates, 2 c. à s. de vinaigre balsamique, 2 c. à s. d'huile d'olive, 1 c. à s. de miel, 1 c. à c. de thym, sel.

○ Poulet à la crème de curry légère

500 g de poulet, 2 yaourts nature, 2 c. à s. de curry, 400 g de pommes de terre, 2 courgettes, 2 oignons, 2 gousses d'ail, 2 c. à s. d'huile d'olive, 1 c. à s. de sauce soja, 1 c. à c. de cumin, sel, poivre.

Et aussi

JUILLET

2024

Lundi 1	Wok de poulet au chou-rave	15 mn / 30 mn	460 kcal
Mardi 2	Pâtes à la dinde sauce estivale	10 mn / 20 mn	440 kcal
Mercredi 3	Thon à la provençale et pommes de terre rôties	15 mn / 55 mn	500 kcal
Jeudi 4	Riz au chakalaka d'Afrique	10 mn / 55 mn	440 kcal
Vendredi 5	Tarte aux blettes, noix et jambon	10 mn / 50 mn	530 kcal
Samedi 6	Gratin d'aubergines et viande hachée	15 mn / 55 mn	570 kcal
Dimanche 7	Salade de brocoli aux œufs	10 mn / 55 mn	380 kcal

Recettes

Pour 4 personnes

Faire tremper 50 g de raisins secs dans de l'eau. Dans un wok, faire revenir 2 oignons émincés + 1 poivron jaune coupé en lamelles 8 mn dans 3 c. à s. d'huile + sel. Ajouter 600 g de morceaux de poulet, cuire 5 mn. Ajouter 400 g de fines tranches de chou-rave + 2 c. à s. de vinaigre balsamique, mélanger, cuire 5 mn. Ajouter les raisins égouttés + 40 g de noisettes concassées + 1 c. à c. de thym + sel + poivre, mélanger, cuire 10 mn à feu doux.

Faire cuire 300 g de pâtes al dente (selon les indications du paquet). Faire revenir 2 aubergines coupées en dés + 1 oignon et 2 gousses d'ail hachés 10 mn dans 2 c. à s. d'huile + sel. Ajouter 200 g d'allumettes de dinde, cuire 5 mn. Ajouter les pâtes égouttées + 2 c. à s. d'eau de cuisson. Mixer 3 tomates + 2 c. à s. de vinaigre balsamique + 2 c. à s. de concentré de tomates + 1 c. à c. d'origan + sel, ajouter aux pâtes, mélanger, cuire 5 mn à feu doux.

Préchauffer le four à 180 °C. Laver et couper en morceaux 600 g de pommes de terre, les imbiber de 3 c. à s. d'huile + sel, enfourner 30 mn. Dans une casserole, faire revenir 2 poivrons rouges et 2 tomates en dés + 2 oignons émincés dans 1 c. à s. d'huile + sel, 5 mn. Verser 25 cl de coulis de tomates + 20 cl de vin blanc + sel + poivre, cuire 5 mn. Ajouter 600 g de thon blanc coupé en morceaux, laisser mijoter 15 mn à feu doux.

Rincer et cuire 200 g de riz complet 40 mn dans 40 cl d'eau salée. Faire revenir 2 oignons émincés + 3 gousses d'ail et 20 g de gingembre hachés + 2 poivrons jaunes et 1 piment vert coupés en fines lamelles 5 mn dans 3 c. à s. d'huile. Ajouter 3 tomates coupées en dés + 1 c. à s. de curry, mélanger, ajouter 500 g de haricots blancs cuits + sel + poivre, laisser mijoter à feu doux 10 mn. Parsemer 5 g de coriandre hachée.

Préchauffer le four à 180 °C. Faire revenir 800 g de blettes hachées + 1 oignon émincé 8 mn dans 1 c. à s. d'huile d'olive + sel. Dans un moule, étaler et piquer 1 pâte brisée, ajouter le contenu de la poêle + 250 g de dés de jambon + 30 g de noix concassées. Verser le mélange : 2 œufs + 1 yaourt nature + 1 c. à s. de moutarde + sel + poivre, bien répartir. Parsemer 40 g de chèvre. Enfourner 40 mn.

Préchauffer le four à 180 °C. Faire revenir 3 aubergines en fines rondelles 8 mn dans 2 c. à s. d'huile d'olive + sel. Dans une autre poêle, faire revenir 500 g de viande hachée + 1 oignon émincé 5 mn. Ajouter 30 cl de coulis de tomates + 20 cl de crème de soja + 1 c. à c. de piment doux + 1 c. à c. d'origan + sel + poivre, cuire 2 mn. Dans un plat, alterner les rondelles d'aubergines avec la viande, enfourner 40 mn. Saupoudrer 40 g de levure maltée.

Rincer et cuire 250 g de blé 40 mn dans 60 cl d'eau + sel. Cuire 1 brocoli 6 mn à la vapeur. Cuire 6 œufs dans de l'eau, 9 mn après ébullition. Dans un saladier, mélanger : 2 yaourts nature + 1 c. à s. de sauce soja + 1 c. à c. de moutarde + 1 c. à c. de curry + 1 c. à c. d'herbes de Provence + sel. Ajouter 400 g de haricots rouges + 3 tomates et 1 concombre en dés. Ajouter le brocoli + le blé égoutté + les œufs durs en morceaux, mélanger le tout.

Courses

Pour 4 personnes

○ Wok de poulet au chou-rave

600 g de poulet, 400 g de chou-rave, 2 oignons, 1 poivron jaune, 50 g de raisins secs, 40 g de noisettes, 3 c. à s. d'huile d'olive, 2 c. à s. de vinaigre balsamique, 1 c. à c. de thym, sel, poivre.

○ Pâtes à la dinde sauce estivale

300 g de pâtes, 200 g d'allumettes de dinde, 3 tomates, 2 aubergines, 1 oignon, 2 gousses d'ail, 2 c. à s. d'huile, 2 c. à s. de vinaigre balsamique, 2 c. à s. de concentré de tomates, 1 c. à c. d'origan, sel.

○ Thon à la provençale et pommes de terre rôties

600 g de thon blanc, 600 g de pommes de terre, 2 poivrons rouges, 2 tomates, 2 oignons, 25 cl de coulis de tomates, 20 cl de vin blanc, 5 c. à s. d'huile d'olive, sel, poivre.

○ Riz au chakalaka d'Afrique

200 g de riz complet, 3 tomates, 2 poivrons jaunes, 1 piment vert, 2 oignons, 3 gousses d'ail, 500 g de haricots blancs cuits, 20 g de gingembre, 5 g de coriandre, 3 c. à s. d'huile, 1 c. à s. de curry, sel, poivre.

○ Tarte aux blettes, noix et jambon

1 pâte brisée, 800 g de blettes, 250 g de dés de jambon, 30 g de noix, 1 oignon, 2 œufs, 1 yaourt nature, 40 g de chèvre, 1 c. à s. de moutarde, 1 c. à s. d'huile d'olive, sel, poivre.

○ Gratin d'aubergines et viande hachée

3 aubergines, 500 g de viande hachée, 1 oignon, 30 cl de coulis de tomates, 20 cl de crème de soja, 2 c. à s. d'huile d'olive, 1 c. à c. de piment doux, 1 c. à c. d'origan, 40 g de levure maltée, sel, poivre.

○ Salade de brocoli aux œufs

6 œufs ,1 brocoli, 250 g de blé, 400 g de haricots rouges cuits, 3 tomates, 1 concombre, 2 yaourts nature, 1 c. à s. de sauce soja, 1 c. à c. de moutarde, 1 c. à c. de curry, 1 c. à c. d'herbes de Provence, sel.

Et aussi

JUILLET

2024

Lundi 8
Cabillaud vapeur au gingembre
- 10 mn
- 35 mn
- 1 h
- 540 kcal

Mardi 9
Soupe de pastèque et salade d'avocats et œufs
- 15 mn
- 10 mn
- 1 h
- 420 kcal

Mercredi 10
Tarte aux tomates balsamiques
- 25 mn
- 55 mn
- 390 kcal

Jeudi 11
Spaghettis au bœuf et pesto de tomates
- 10 mn
- 10 mn
- 545 kcal

Vendredi 12
Crumble salé au jambon
- 25 mn
- 45 mn
- 390 kcal

Samedi 13
Riz aux crevettes épicées
- 15 mn
- 55 mn
- 450 kcal

Dimanche 14
Férié
Fête nationale française
Poulet au paprika et poivrons rôtis
- 10 mn
- 40 mn
- 1 h
- 400 kcal

Recettes

Pour 4 personnes

Mélanger : 4 c. à s. d'huile d'olive + 2 c. à s. de sauce soja + le jus d'1 citron + 30 g de gingembre haché + 1 c. à c. de thym + poivre. Ajouter 600 g de filets de cabillaud, faire mariner 1 h au frais. Rincer 350 g de riz basmati, ajouter 75 cl d'eau + sel, cuire 20 mn après ébullition. Cuire le cabillaud 15 mn à la vapeur. Avant de servir, parsemer 10 g de ciboulette hachée.

Mixer : 1 kg de pastèque épépinée + 3 tomates + 3 c. à s. de vinaigre balsamique + sel, ajouter 5 g de basilic haché, réserver au frais 1 h. Cuire 4 œufs dans de l'eau, 10 mn après ébullition. Mélanger 1 c. à s. d'huile + 1 c. à s. de moutarde + 1 c. à c. de cumin + ½ c. à c. de tabasco + sel + poivre. Ajouter 2 avocats coupés en morceaux + 200 g de roquette + les œufs coupés en morceaux, mélanger le tout.

Dans une poêle, faire revenir 6 tomates en tranches 5 mn à feu vif dans 4 c. à s. d'huile d'olive + sel. Verser 3 c. à s. de vinaigre balsamique + 1 c. à s. de sirop d'agave + poivre, mélanger et laisser mijoter 20 mn à feu doux. Préchauffer le four à 200 °C. Dans un moule, étaler et piquer 1 pâte feuilletée, répartir les tomates, saupoudrer 10 g de pignons de pin + 10 g de graines de courge. Enfourner 30 mn. Parsemer 5 g de basilic haché.

Cuire 300 g de spaghettis al dente (selon les indications du paquet). Faire revenir 250 g de bœuf haché 5 mn. Mixer : 3 tomates + 20 g de poudre d'amandes + 3 c. à s. d'huile d'olive + 5 g de basilic + 40 g de parmesan + 1 c. à c. d'origan + sel + poivre, l'ajouter à la viande, mélanger. Ajouter les spaghettis égouttés + 2 c. à s. d'eau de cuisson, mélanger, cuire 5 mn à feu doux.

Dans un saladier, mélanger avec les doigts : 40 g de farine + 40 g d'huile de coco désodorisée + 40 g de parmesan. Préchauffer le four à 180 °C. Faire revenir 4 carottes et 2 courgettes coupées en rondelles + 1 oignon émincé 10 mn dans 2 c. à s. d'huile + sel. Ajouter 2 c. à s. de miel + 1 c. à c. de cumin + sel + poivre, mélanger, cuire 10 mn. Verser le tout dans un plat, recouvrir de 200 g de dés de jambon + la pâte à crumble, enfourner 25 mn.

Rincer et cuire 300 g de riz complet 40 mn dans 60 cl d'eau salée. Préparer la sauce : 2 c. à s. de sauce soja + 1 c. à c. de miel + 1 c. à c. de tabasco + poivre, mélanger. Faire revenir 1 oignon émincé + 2 gousses d'ail hachées 5 mn dans 1 c. à s. d'huile. Ajouter 2 tomates coupées en dés + 600 g de crevettes, cuire 6 mn. Verser la sauce + 1 c. à s. de farine mélangée à 20 cl d'eau, mélanger et laisser épaissir 8 mn à feu doux.

Dans un saladier, mélanger : 600 g de blancs de poulet coupés en dés + 2 c. à s. d'huile de coco désodorisée + 1 c. à s. de paprika + ½ c. à c. de cumin + 1 c. à c. d'origan + sel, laisser mariner 1 h au frais. Préchauffer le four à 180 °C. Couper et vider 2 poivrons rouges + 2 poivrons jaunes, badigeonner de 3 c. à s. d'huile + 1 c. à c. de thym + sel, enfourner 30 mn. Dans une poêle, faire revenir 10 mn le poulet mariné.

Courses

Pour 4 personnes

○ Cabillaud vapeur au gingembre

600 g de filets de cabillaud, 30 g de gingembre, 350 g de riz basmati, 1 citron (jus), 10 g de ciboulette, 4 c. à s. d'huile d'olive, 2 c. à s. de sauce soja, 1 c. à c. de thym, sel, poivre.

○ Soupe de pastèque et salade d'avocats et œufs

1 kg de pastèque, 4 œufs, 2 avocats, 3 tomates, 200 g de roquette, 5 g de basilic, 3 c. à s. de vinaigre balsamique, 1 c. à s. d'huile, 1 c. à s. de moutarde, 1 c. à c. de cumin, ½ c. à c. de tabasco, sel, poivre.

○ Tarte aux tomates balsamiques

1 pâte feuilletée, 6 tomates, 4 c. à s. d'huile d'olive, 3 c. à s. de vinaigre balsamique, 1 c. à s. de sirop d'agave, 10 g de pignons de pin, 10 g de graines de courge, 5 g de basilic, sel, poivre.

○ Spaghettis au bœuf et pesto de tomates

300 g de spaghettis, 250 g de bœuf haché, 3 tomates, 20 g de poudre d'amandes, 3 c. à s. d'huile d'olive, 40 g de parmesan, 5 g de basilic, 1 c. à c. d'origan, sel, poivre.

○ Crumble salé au jambon

200 g de dés de jambon, 40 g de parmesan, 40 g de farine, 4 carottes, 2 courgettes, 1 oignon, 2 c. à s. d'huile, 2 c. à s. de miel, 40 g d'huile de coco désodorisée, 1 c. à c. de cumin, sel, poivre.

○ Riz aux crevettes épicées

300 g de riz complet, 600 g de crevettes, 2 tomates, 1 oignon, 2 gousses d'ail, 2 c. à s. de sauce soja, 1 c. à s. de farine, 1 c. à s. d'huile, 1 c. à c. de miel, 1 c. à c de tabasco, sel, poivre.

○ Poulet au paprika et poivrons rôtis

600 g de blancs de poulet, 2 poivrons rouges, 2 poivrons jaunes, 3 c. à s. d'huile, 2 c. à s. d'huile de coco désodorisée, 1 c. à s. de paprika, 1 c. à c. d'origan, 1 c. à c. de thym, ½ c. à c. de cumin, sel.

Et aussi

JUILLET

2024

Lundi **15**	Salade César allégée	15 mn 8 mn 430 kcal
Mardi **16**	Tarte courgettes, oignons rouges et jambon	10 mn 20 mn 390 kcal
Mercredi **17**	Salade polynésienne	10 mn 1 h 425 kcal
Jeudi **18**	Flan de jambon, petits pois et courgettes	10 mn 40 mn 430 kcal
Vendredi **19**	Paella vegan	15 mn 40 mn 440 kcal
Samedi **20**	Mac and cheese léger aux légumes	15 mn 45 mn 450 kcal
Dimanche **21**	Tajine de poulet estival	10 mn 45 mn 1 h 420 kcal

62

Recettes

Pour 4 personnes

Faire revenir 400 g de poulet coupé en morceaux 8 mn dans 1 c. à s. d'huile. Dans un saladier, mélanger : 2 yaourts nature + le jus d'1 citron + 1 c. à s. de moutarde + 1 c. à c. d'origan + sel + poivre. Ajouter les feuilles d'1 laitue lavée et essorée + 1 oignon rouge émincé + le poulet + 250 g de pois chiches cuits + 40 g de feta émiettée + 60 g de levure maltée, mélanger le tout. En option, servir avec des croûtons.

Préchauffer le four à 180 °C. Couper 3 courgettes et 2 oignons rouges en fines rondelles, les imbiber de 2 c. à s. d'huile d'olive + sel, ajouter 400 g d'allumettes de jambon. Dans un moule, étaler et piquer 1 pâte à pizza, dans le fond répartir le mélange : 1 c. à s. de moutarde + 2 c. à s. de tahini + 1 c. à c. de paprika + sel + poivre. Recouvrir avec les rondelles de légumes, enfourner 20 mn. Saupoudrer 40 g de levure maltée.

Dans un saladier, mélanger : 40 cl de lait de coco + le jus et zeste d'1 citron + 20 g de gingembre + 5 g de coriandre hachée + ½ c. à c. de piment + sel + poivre. Ajouter 500 g de thon cru coupé en morceaux + 2 oignons rouges émincés + 2 carottes râpées + 2 tomates et 1 concombre coupés en dés. Mélanger le tout, laisser reposer 1 h au frais.

Préchauffer le four à 180 °C. Couper 400 g de courgettes en fines lamelles, déposer le tout avec 250 g de dés de jambon dans un plat. Ajouter 300 g de petits pois, recouvrir du mélange : 4 œufs + 30 cl de lait de soja + 20 cl de crème de soja + 1 c. à s. de sauce soja + 1 c. à s. de curry + 1 c. à c. de curcuma + sel + poivre, mélanger pour bien répartir. Enfourner 40 mn.

Dans un wok, faire revenir 1 oignon émincé + 1 poivron vert + 2 gousses d'ail hachées 5 mn dans 3 c. à s. d'huile. Ajouter 3 tomates et 400 g de tofu coupés en dés + 200 g de haricots blancs, mélanger, cuire 5 mn. Verser 300 g de riz + 1 c. à c. de curcuma + 1 c. à c. de piment + 1 c. à c. de thym + sel, mélanger, cuire 2 mn. Ajouter 1 l d'eau, petit à petit, mélanger, couvrir et laisser mijoter 30 mn à feu doux.

Cuire 1 carotte + 400 g de chou-fleur 20 mn à la vapeur. Mixer en purée avec 20 cl de lait de soja + 1 c. à c. de paprika + sel + poivre. Cuire 300 g de pâtes *al dente* (selon les indications du paquet). Préchauffer le four à 200 °C. Dans un saladier, mélanger : 30 cl de lait de soja + 10 g de farine + les pâtes + 1 boule de mozzarella + sel + poivre. Ajouter la purée, mélanger, verser le tout dans un plat. Enfourner 25 mn. Saupoudrer 40 g de levure maltée.

Mélanger : 3 c. à s. d'huile + 1 c. à s. de curry + 1 c. à c. de curcuma + 1 c. à s. de miel + 1 c. à c. de cannelle + sel + poivre + 600 g de poulet, mélanger et laisser mariner 1 h. Préchauffer le four à 200 °C. Dans un plat, mélanger 2 courgettes, 2 aubergines et 4 tomates coupées en morceaux + 2 oignons émincés + 1 c. à s. d'huile + 2 c. à s. de concentré de tomates + sel + poivre. Ajouter le poulet mariné, enfourner 45 mn.

Courses

Pour 4 personnes

○ Salade César allégée

400 g de poulet, 1 laitue, 1 oignon rouge, 250 g de pois chiches cuits, 2 yaourts nature, 40 g de feta, 60 g de levure maltée, 1 citron (jus), 1 c. à s. de moutarde, 1 c. à s. d'huile, 1 c. à c. d'origan, sel, poivre.

○ Tarte courgettes, oignons rouges et jambon

1 pâte à pizza, 3 courgettes, 2 oignons rouges, 400 g d'allumettes de jambon, 2 c. à s. d'huile d'olive, 2 c. à s. de tahini, 1 c. à s. de moutarde, 1 c. à c. de paprika, 40 g de levure maltée, sel, poivre.

○ Salade polynésienne

500 g de thon cru, 2 oignons rouges, 2 tomates, 2 carottes, 1 concombre, 1 citron (jus + zeste), 40 cl de lait de coco, 20 g de gingembre, 5 g de coriandre, ½ c. à c. de piment, sel, poivre.

○ Flan de jambon, petits pois et courgettes

250 g de dés de jambon, 400 g de courgettes, 300 g de petits pois, 4 œufs, 30 cl de lait de soja, 20 cl de crème de soja, 1 c. à s. de sauce soja, 1 c. à s. de curry, 1 c. à c. de curcuma, sel, poivre.

○ Paella vegan

300 g de riz, 400 g de tofu, 200 g de haricots blancs cuits, 3 tomates, 1 poivron vert, 1 oignon, 2 gousses d'ail, 3 c. à s. d'huile, 1 c. à c. de curcuma, 1 c. à c. de piment, 1 c. à c. de thym, sel.

○ Mac and cheese léger aux légumes

300 g de pâtes, 1 boule de mozzarella, 400 g de chou-fleur, 1 carotte, 50 cl de lait de soja, 40 g de levure maltée, 10 g de farine, 1 c. à c. de paprika, sel, poivre.

○ Tajine de poulet estival

600 g de poulet, 4 tomates, 2 courgettes, 2 aubergines, 2 oignons, 4 c. à s. d'huile, 2 c. à s. de concentré de tomates, 1 c. à s. de miel, 1 c. à s. de curry, 1 c. à c. de curcuma, 1 c. à c. de cannelle, sel, poivre.

Et aussi

JUILLET 2024

Jour	Recette	Préparation	Cuisson	Calories
Lundi 22	Spaghettis aux courgettes à l'italienne	10 mn	15 mn	500 kcal
Mardi 23	Tarte aux figues, chèvre et jambon cru	10 mn	30 mn	565 kcal
Mercredi 24	Tortilla aux courgettes et pommes de terre	15 mn	35 mn	485 kcal
Jeudi 25	Salade de saumon, avocat et mangue	10 mn	20 mn	425 kcal
Vendredi 26	Quinoa aux blettes et viande hachée	10 mn	35 mn	510 kcal
Samedi 27	Cabillaud sauce aux poivrons	15 mn	1 h 20	530 kcal
Dimanche 28	Tarte à la dinde et aux haricots verts	15 mn	55 mn	440 kcal

Recettes

Pour 4 personnes

Cuire 400 g de spaghettis al dente (selon les indications du paquet). Faire revenir 400 g de courgettes coupées en fines rondelles + 2 gousses d'ail hachées 8 mn dans 4 c. à s. d'huile d'olive + sel. Ajouter les spaghettis égouttés + 2 c. à s. d'eau de cuisson + 10 g de basilic haché + sel + poivre, mélanger et cuire 5 mn à feu doux. Saupoudrer 40 g de parmesan, mélanger le tout.

Préchauffer le four à 180 °C. Dans un moule, étaler et piquer 1 pâte feuilletée, recouvrir de billes de cuisson et enfourner 10 mn. Mélanger : 1 yaourt nature + 1 c. à c. de miel + 1 c. à c. de moutarde + 1 c. à c. d'herbes de Provence + sel + poivre, étaler dans le fond de tarte. Répartir 8 figues coupées en 4 + 150 g de jambon cru, parsemer 40 g de bûche de chèvre, enfourner 20 mn.

Faire revenir 400 g de pommes de terre + 2 courgettes coupées en fines rondelles + 2 oignons émincés dans 2 c. à s. d'huile d'olive + sel, couvrir et cuire 15 mn. Dans un saladier, mélanger : 6 œufs + 20 cl de crème de soja + 20 cl de lait de soja + 1 c. à c. de cumin + 1 c. à c. de paprika + sel + poivre, ajouter les légumes, bien mélanger. Verser le tout dans une grande poêle, couvrir, cuire 20 mn sur feu doux.

Dans un saladier, mélanger : 2 c. à s. d'huile + 1 c. à s. de vinaigre balsamique + 1 c. à c. de moutarde + 1 c. à c. de paprika + sel + poivre. Ajouter 400 g de saumon fumé + 1 mangue en morceaux, mélanger, réserver au frais 20 mn. Ajouter 1 avocat et 1 concombre coupés en morceaux + 300 g de mâche + 15 g de graines de sésame, bien mélanger le tout.

Bien rincer et cuire 250 g de quinoa dans 50 cl d'eau + sel, 15 mn après ébullition. Couvrir, laisser gonfler. Dans un wok, faire revenir 500 g de blettes en morceaux + 1 oignon émincé + 1 gousse d'ail hachée 8 mn dans 3 c. à s. d'huile d'olive + sel. Ajouter 300 g de viande hachée + 3 c. à s. de concentré de tomates + 1 c. à c. de tabasco + 1 c. à c. d'origan + sel + poivre, mélanger, cuire 6 mn. Ajouter le quinoa, mélanger, cuire 5 mn à feu doux.

Rincer et cuire 200 g de riz complet 40 mn dans 40 cl d'eau salée. Préchauffer le four à 200 °C. Faire revenir 2 poivrons rouges coupés en morceaux + 2 oignons émincés dans 1 c. à s. d'huile d'olive + sel, 10 mn. Ajouter 20 cl de crème de soja + 2 c. à s. de coulis de tomates + sel + poivre, mixer le tout. Déposer la sauce dans un plat, ajouter 600 g de cabillaud, parsemer du jus et du zeste d'1 citron + 1 c. à c. d'aneth. Enfourner 30 mn.

Préchauffer le four à 180 °C. Cuire 400 g de haricots verts 10 mn à la vapeur. Faire revenir 200 g de dinde coupée en dés 6 mn dans 1 c. à s. d'huile. Mélanger : 2 œufs + 10 cl de lait de soja + 1 c. à c. de cumin + 1 gousse d'ail hachée + sel + poivre. Ajouter les haricots égouttés et coupés en petits morceaux + la dinde. Dans un moule, étaler et piquer 1 pâte brisée, verser le mélange, enfourner 40 mn. Saupoudrer 40 g de levure maltée.

Courses

Pour 4 personnes

○ Spaghettis aux courgettes à l'italienne

400 g de spaghettis, 400 g de courgettes, 2 gousses d'ail, 40 g de parmesan, 10 g de basilic, 4 c. à s. d'huile d'olive, sel, poivre.

○ Tarte aux figues, chèvre et jambon cru

1 pâte feuilletée, 8 figues, 150 g de jambon cru, 40 g de bûche de chèvre, 1 yaourt nature, 1 c. à c. de moutarde, 1 c. à c. de miel, 1 c. à c. d'herbes de Provence, sel, poivre.

○ Tortilla aux courgettes et pommes de terre

2 courgettes, 400 g de pommes de terre, 2 oignons, 6 œufs, 20 cl de crème de soja, 20 cl de lait de soja, 2 c. à s. d'huile d'olive, 1 c. à c. de cumin, 1 c. à c de paprika, sel, poivre.

○ Salade de saumon, avocat et mangue

400 g de saumon fumé, 1 mangue, 1 avocat, 300 g de mâche, 1 concombre, 2 c. à s. d'huile, 1 c. à s. de vinaigre balsamique, 1 c. à c. de moutarde, 1 c. à c. de paprika, 15 g de graines de sésame, sel, poivre.

○ Quinoa aux blettes et viande hachée

500 g de blettes, 300 g de viande hachée, 250 g de quinoa, 1 oignon, 1 gousse d'ail, 3 c. à s. d'huile d'olive, 3 c. à s. de concentré de tomates, 1 c. à c. de tabasco, 1 c. à c. d'origan, sel, poivre.

○ Cabillaud sauce aux poivrons

600 g de cabillaud, 2 poivrons rouges, 200 g de riz complet, 2 oignons, 1 citron (jus + zeste), 20 cl de crème de soja, 2 c. à s. de coulis de tomates, 1 c. à s. d'huile d'olive, 1 c. à c. d'aneth, sel, poivre.

○ Tarte à la dinde et aux haricots verts

1 pâte brisée, 400 g de haricots verts, 200 g de dinde, 2 œufs, 10 cl de lait de soja, 1 gousse d'ail, 1 c. à s. d'huile, 1 c. à c. de cumin, 40 g de levure maltée, sel, poivre.

65

Et aussi

JUIL./AOÛT 2024

Lundi **29**
Salade de crevettes aux pamplemousses
10 mn
6 mn
390 kcal

Mardi **30**
Clafoutis de jambon et tomates cerises
10 mn
35 mn
420 kcal

Mercredi **31**
Salade de tomates aux figues et au poulet
10 mn
400 kcal

Jeudi **1**
Salade estivale à la pastèque
10 mn
9 mn
390 kcal

Vendredi **2**
Carbonara de courgettes
15 mn
15 mn
470 kcal

Samedi **3**
Cabillaud aux aubergines
15 mn
30 mn
350 kcal

Dimanche **4**
Tomates farcies
15 mn
55 mn
370 kcal

66

Recettes

Pour 4 personnes

Faire revenir 600 g de crevettes décortiquées 6 mn dans 1 c. à s. d'huile d'olive + le jus d'1 citron. Dans un saladier, mélanger : le jus d'1 citron + 2 c. à s. d'huile d'olive + 2 c. à s. de sauce soja + 2 c. à s. de miel + 5 g de coriandre hachée + sel + poivre. Ajouter 200 g de roquette + 2 pamplemousses et 1 concombre coupés en morceaux + 50 g de cacahuètes. Ajouter les crevettes, mélanger le tout.

Préchauffer le four à 180 °C. Dans un saladier, mélanger 120 g de farine + ½ sachet de levure. Ajouter 3 œufs + 40 cl de lait de soja, bien mélanger. Ajouter 350 g d'allumettes de jambon + 1 boule de mozzarella coupée en morceaux + 20 g d'olives noires + 1 c. à c. d'origan + 5 g de basilic haché + sel, mélanger. Verser le tout dans un plat et répartir 250 g de tomates cerises coupées en 2. Enfourner 35 mn.

Dans un saladier, mélanger : 2 c. à s. d'huile + 2 c. à s. de vinaigre de cidre + 1 c. à c. de curry + 1 c. à c. d'herbes de Provence + sel. Ajouter 1 oignon rouge émincé + 6 tomates coupées en morceaux + 250 g d'allumettes de poulet + 40 g de feta coupée en dés. Ajouter 8 figues coupées en 4 + 40 g de noix concassées. Bien mélanger le tout.

Déposer 6 œufs dans une casserole d'eau, cuire 9 mn après ébullition, réserver dans l'eau froide. Dans un saladier, mélanger 2 c. à s. d'huile + 1 c. à c. de moutarde + 1 c. à s. de vinaigre balsamique + 1 c. à s. d'eau + sel. Ajouter 1 pastèque, 1 concombre et 4 tomates coupés en dés + 1 oignon rouge émincé. Ajouter 300 g de pois chiches cuits + 5 g de menthe et 5 g de basilic hachés + les œufs écalés et coupés en morceaux. Bien mélanger le tout.

Cuire 250 g de pâtes al dente (selon les indications du paquet). Faire revenir 1 oignon émincé + 2 gousses d'ail hachées 5 mn dans 1 c. à s. d'huile. Ajouter 200 g d'allumettes de jambon + 400 g de courgettes coupées en dés, couvrir, cuire 10 mn à feu moyen. Verser 10 cl de crème de soja + 1 c. à c. d'origan + 1 c. à c. de romarin + sel, mélanger, cuire 2 mn à feu doux. Verser le tout sur les pâtes égouttées, ajouter 60 g de levure maltée, mélanger.

Préchauffer le four à 180 °C. Mixer 30 cl de coulis de tomates + 20 g de pignons de pin + 1 c. à c. de thym + 10 g de coriandre + 10 g de persil + 10 g de basilic + sel + poivre. Couper 3 aubergines en fines rondelles, les imbiber de 4 c. à s. d'huile + sel, les déposer dans un plat. Ajouter 600 g de cabillaud, recouvrir le tout de la mixture, bien répartir. Saupoudrer 40 g de parmesan. Enfourner 30 mn.

Faire tremper 200 g de riz. Préchauffer le four à 180 °C. Creuser 8 tomates, garder la chair. Faire revenir 1 oignon et 2 gousses d'ail hachés 5 mn dans 1 c. à s. d'huile. Ajouter le riz égoutté + 300 g de dés de jambon + 30 cl d'eau + 50 g d'olives noires + 40 g de concentré de tomates + 2 c. à c. d'herbes de Provence + la chair des tomates + sel, mélanger, couvrir et cuire 10 mn. Farcir les tomates, parsemer 40 g de gruyère puis enfourner 40 mn.

Courses

Pour 4 personnes

○ Salade de crevettes aux pamplemousses

600 g de crevettes, 2 pamplemousses, 2 citrons (jus), 1 concombre, 200 g de roquette, 50 g de cacahuètes, 5 g de coriandre, 3 c. à s. d'huile d'olive, 2 c. à s. de sauce soja, 2 c. à s. de miel, sel, poivre.

○ Clafoutis de jambon et tomates cerises

350 g d'allumettes de jambon, 250 g de tomates cerises, 20 g d'olive noires, 1 boule de mozzarella, 3 œufs, 120 g de farine, 40 cl de lait de soja, ½ sachet de levure, 1 c. à c. d'origan, 5 g de basilic, sel.

○ Salade de tomates aux figues et au poulet

6 tomates, 8 figues, 250 g d'allumettes de poulet, 1 oignon rouge, 40 g de noix, 40 g de feta, 2 c. à s. d'huile, 2 c. à s. de vinaigre de cidre, 1 c. à c. de curry, 1 c. à c. d'herbes de Provence, sel.

○ Salade estivale à la pastèque

1 pastèque, 6 œufs, 4 tomates, 1 concombre, 300 g de pois chiches cuits, 1 oignon rouge, 5 g de menthe, 5 g de basilic, 2 c. à s. d'huile, 1 c. à s. de vinaigre balsamique, 1 c. à c. de moutarde, sel.

○ Carbonara de courgettes

400 g de courgettes, 250 g de pâtes, 200 g d'allumettes de jambon, 10 cl de crème de soja, 1 oignon, 2 gousses d'ail, 60 g de levure maltée, 1 c. à s. d'huile, 1 c. à c. de romarin, 1 c. à c. d'origan, sel.

○ Cabillaud aux aubergines

600 g de cabillaud, 3 aubergines, 30 cl de coulis de tomates, 40 g de parmesan, 20 g de pignons de pin, 10 g de coriandre, 10 g de persil, 10 g de basilic, 4 c. à s. d'huile, 1 c. à c. de thym, sel, poivre.

○ Tomates farcies

8 tomates, 200 g de riz, 300 g de dés de jambon, 1 oignon, 2 gousses d'ail, 40 g de concentré de tomates, 40 g de gruyère, 50 g d'olives noires, 1 c. à s. d'huile, 2 c. à c. d'herbes de Provence, sel.

Et aussi

AOÛT

2024

Lundi **5**	Salade de carottes à l'orientale	Préparation	10 mn
		Repos	1 h
		Calories	400 kcal
Mardi **6**	Poulet aux olives et fenouils	Préparation	20 mn
		Cuisson	50 mn
		Calories	450 kcal
Mercredi **7**	Quiche au thon et deux poivrons	Préparation	15 mn
		Cuisson	50 mn
		Calories	510 kcal
Jeudi **8**	Œufs cocotte aux petits pois	Préparation	15 mn
		Cuisson	15 mn
		Calories	470 kcal
Vendredi **9**	Gratin de pâtes, bœuf et épinards	Préparation	15 mn
		Cuisson	25 mn
		Calories	435 kcal
Samedi **10**	Salade de vermicelles aux crevettes	Préparation	10 mn
		Repos	1 h
		Calories	430 kcal
Dimanche **11**	Poulet et aubergines masala	Préparation	15 mn
		Cuisson	1 h 55
		Calories	450 kcal

68

Recettes

Pour 4 personnes

Dans un saladier, mélanger : le jus d'1 citron + 50 ml de jus d'orange + 2 c. à s. d'huile + 15 g de menthe fraîche hachée + ¼ de c. à c. de cannelle + 1 c. à c. de cumin. Ajouter 400 g de carottes râpées + 300 g de pois chiches cuits + 400 g de tofu coupé en dés + 30 g de raisins secs + 40 g d'amandes concassées. Mélanger le tout, réserver 1 h au frais.

Dans une casserole, faire revenir 400 g de pommes de terre coupées en rondelles + 2 fenouils en morceaux + 1 oignon émincé 15 mn dans 2 c. à s. d'huile d'olive + sel. Ajouter 600 g de poulet coupé en morceaux, cuire 5 mn. Verser 10 cl d'eau + 15 cl de vin blanc + 1 c. à c. de thym + sel + poivre, laisser bouillir. Ajouter 50 g d'olives vertes, laisser mijoter 30 mn à feu doux.

Préchauffer le four à 180 °C. Faire revenir 1 poivron rouge et 1 poivron vert coupés en fines lamelles + 1 oignon émincé + 2 gousses d'ail hachées 10 mn dans 2 c. à s. d'huile d'olive + sel. Dans un saladier, mélanger : 4 œufs + 20 cl de lait de soja + 280 g de thon + sel + poivre. Ajouter la poêlée de poivrons, mélanger. Dans un moule, étaler et piquer 1 pâte feuilletée, y verser le mélange, enfourner 40 mn. Saupoudrer 40 g de levure maltée.

Préchauffer le four à 180 °C. Cuire 400 g de petits pois 10 mn à la vapeur. Les mixer avec 200 g de yaourt à la grecque + 20 cl de crème de soja + 10 g de ciboulette + sel + poivre. Répartir la mixture dans 4 ramequins et casser 2 œufs dans chaque. Saupoudrer 40 g de feta, enfourner 5 mn.

Cuire 200 g de pâtes al dente (selon les indications du paquet). Faire revenir 300 g d'épinards + 1 oignon émincé 6 mn dans 1 c. à s. d'huile d'olive + sel. Mixer 2 tomates + 2 c. à s. de concentré de tomates + 1 c. à c. d'origan + sel + poivre, faire revenir avec 250 g de bœuf haché 8 mn dans 1 c. à s. d'huile d'olive. Dans un plat, alterner pâtes puis épinards puis bœuf, renouveler 2 fois. Saupoudrer 40 g de parmesan, enfourner 10 mn sur gril.

Cuire 400 g de vermicelles de riz (selon les indications du paquet), égoutter et laisser refroidir. Dans un saladier, mélanger : 2 c. à s. d'huile d'olive + le jus et zeste d'1 citron vert + 1 c. à s. de sauce soja + 1 c. à c. de miel + 1 c. à c. de coriandre moulue + sel + poivre. Ajouter 600 g de crevettes + 1 avocat coupé en dés + les vermicelles, mélanger le tout. Réserver au frais 1 h.

Faire revenir 2 aubergines coupées en dés 10 mn dans 2 c. à s. d'huile + sel. Ajouter 400 g de poulet coupé en morceaux + 2 tomates coupées en petits dés + 1 gousse d'ail et 15 g de gingembre hachés, cuire 5 mn. Verser 2 yaourts + 2 c. à s. de concentré de tomates + 1 c. à s. de garam masala + 1 c. à c. de piment + sel, bien mélanger, laisser mijoter 1 h sur feu doux. Cuire 300 g de riz 40 mn dans 60 cl d'eau salée. Servir avec le poulet et les aubergines.

Courses

Pour 4 personnes

○ Salade de carottes à l'orientale

400 g de carottes, 400 g de tofu, 300 g de pois chiches cuits, 1 citron (jus), 50 ml de jus d'orange, 40 g d'amandes, 30 g de raisins secs, 15 g de menthe fraîche, 2 c. à s. d'huile, 1 c. à c. de cumin, ¼ de c. à c. de cannelle.

○ Poulet aux olives et fenouils

600 g de poulet, 2 fenouils, 50 g d'olives vertes, 400 g de pommes de terre, 1 oignon, 15 cl de vin blanc, 2 c. à s. d'huile d'olive, 1 c. à c. de thym, sel, poivre.

○ Quiche au thon et deux poivrons

1 pâte feuilletée, 280 g de thon au naturel, 1 poivron rouge, 1 poivron vert, 1 oignon, 2 gousses d'ail, 4 œufs, 20 cl de lait de soja, 40 g de levure maltée, 2 c. à s. d'huile d'olive, sel, poivre.

○ Œufs cocotte aux petits pois

8 œufs, 400 g de petits pois, 200 g de yaourt à la grecque, 40 g de feta, 20 cl de crème de soja, 10 g de ciboulette, sel, poivre.

○ Gratin de pâtes, bœuf et épinards

200 g de pâtes, 250 g de bœuf haché, 300 g d'épinards, 2 tomates, 1 oignon, 40 g de parmesan, 2 c. à s. d'huile d'olive, 2 c. à s. de concentré de tomates, 1 c. à c. d'origan, sel, poivre.

○ Salade de vermicelles aux crevettes

600 g de crevettes décortiquées, 400 g de vermicelles de riz, 1 avocat, 1 citron vert (jus + zeste), 2 c. à s. d'huile d'olive, 1 c. à s. de sauce soja, 1 c. à c. de miel, 1 c. à c. de coriandre moulue, sel, poivre.

○ Poulet et aubergines masala

400 g de poulet, 2 aubergines, 300 g de riz, 2 tomates, 2 yaourts, 1 gousse d'ail, 15 g de gingembre, 2 c. à s. de concentré de tomates, 2 c. à s. d'huile, 1 c. à s. de garam masala, 1 c. à c. de piment, sel.

Et aussi

AOÛT 2024

Lundi **12**	Tarte tomates, champignons et jambon	10 mn 25 mn 450 kcal
Mardi **13**	Gratin de chou-fleur et viande hachée	15 mn 55 mn 430 kcal
Mercredi **14**	Salade aux pêches et jambon cru	10 mn 6 mn 430 kcal
Jeudi **15** Férié *Assomption*	Curry d'œufs durs	10 mn 1 h 05 mn 560 kcal
Vendredi **16**	Gratin vegan au tempeh	20 mn 20 mn 460 kcal
Samedi **17**	Saumon frais aux olives et avocat	10 mn 1 h 520 kcal
Dimanche **18**	Poulet aux citrons chinois et riz noir	15 mn 40 mn 1 h 420 kcal

Recettes

Pour 4 personnes

Préchauffer le four à 180 °C. Faire revenir 200 g de champignons émincés + 1 gousse d'ail hachée 3 mn dans 2 c. à s. d'huile + sel. Ajouter 350 g d'allumettes de jambon + 5 g de persil haché + poivre, cuire 3 mn. Dans un moule, étaler et piquer 1 pâte à pizza, répartir 20 cl de sauce tomate dans le fond puis la poêlée. Ajouter 150 g de tomates cerises coupées en 2, saupoudrer 40 g de comté, enfourner 20 mn. Saupoudrer 10 g de ciboulette ciselée.

Préchauffer le four à 180 °C. Cuire 1 kg de chou-fleur 8 mn à la vapeur puis mixer. Faire revenir 1 carotte et 1 courgette en lamelles + 3 gousses d'ail hachées 10 mn dans 2 c. à s. d'huile + sel. Ajouter 500 g de viande hachée + 1 tomate coupée en dés + poivre, cuire 5 mn. Dans un plat, déposer la purée de chou-fleur, recouvrir de la poêlée puis du mélange : 50 cl de lait de soja + 2 c. à s. de farine + sel + poivre, enfourner 30 mn. Saupoudrer 60 g de levure maltée.

Dans une poêle, faire revenir 4 pêches jaunes en morceaux 6 mn à feu moyen dans 1 c. à s. d'huile + 1 c. à c. d'origan. Laisser refroidir. Dans un saladier, mélanger : 2 c. à s. d'huile + 2 c. à s. de vinaigre balsamique + 1 c. à c. de thym + sel. Ajouter 200 g de mâche + 300 g de jambon cru en lamelles + 1 oignon rouge émincé + 200 g de tomates cerises coupées en 2 + 40 g de feta émiettée. Ajouter les pêches, mélanger le tout.

Cuire 200 g de riz 40 mn dans 40 cl d'eau salée. Cuire 6 œufs dans de l'eau, 9 mn après ébullition. Faire revenir 1 oignon émincé + 2 courgettes et 2 tomates coupées en dés 6 mn dans 2 c. à s. d'huile. Verser 15 cl d'eau, laisser bouillir. Ajouter 30 cl de lait de coco + 2 c. à s. de curry + 1 c. à c. de curcuma + 1 c. à c. de cumin + 1 c. à c. de garam masala + sel, laisser mijoter 10 mn. Ajouter les œufs coupés en morceaux, cuire 2 mn.

Préchauffer le four à 180 °C. Faire revenir 2 aubergines et 400 g de pommes de terre en rondelles + 3 poivrons verts en dés 10 mn dans 4 c. à s. d'huile d'olive + sel. Ajouter 1 oignon émincé + 400 g de tempeh en dés, mélanger, cuire 5 mn. Baisser le feu, verser 2 c. à s. de sauce soja + ½ c. à c. de piment + sel + poivre, bien mélanger, laisser cuire 2 mn. Déposer le tout dans un plat, enfourner 15 mn. Saupoudrer 60 g de levure maltée.

Dans un saladier, mélanger : 2 c. à s. d'huile d'olive + le jus de 2 citrons verts + 1 gousse d'ail et 15 g de gingembre hachés + sel + poivre. Ajouter 600 g de saumon frais coupé en dés, mélanger, réserver au frais 1 h. Ajouter 1 avocat coupé en morceaux + 40 g d'olives noires + 30 g de graines de sésame + 10 g de ciboulette ciselée, mélanger le tout.

Dans un saladier, mélanger : le jus et zeste de 2 citrons + 2 c. à s. d'huile + 1 c. à s. de miel + 10 cl de vin blanc + sel + poivre puis 500 g de poulet en morceaux, réserver 1 h au frais. Rincer et faire cuire 240 g de riz noir 30 mn dans 50 cl d'eau salée. Faire chauffer à feu vif 3 c. à s. d'eau + 1 c. à s. de maïzena + sel. Ajouter le contenu du saladier, mélanger, cuire 5 mn. Ajouter 10 g de graines de sésame, cuire 5 mn à feu doux.

Courses

Pour 4 personnes

○ Tarte tomates, champignons et jambon

1 pâte à pizza, 350 g d'allumettes de jambon, 200 g de champignons, 150 g de tomates cerises, 20 cl de sauce tomate, 1 gousse d'ail, 40 g de comté, 10 g de ciboulette, 5 g de persil, 2 c. à s. d'huile, sel, poivre.

○ Gratin de chou-fleur et viande hachée

1 kg de chou-fleur, 500 g de viande hachée, 1 carotte, 1 courgette, 1 tomate, 3 gousses d'ail, 50 cl de lait de soja, 60 g de levure maltée, 2 c. à s. de farine, 2 c. à s. d'huile, sel, poivre.

○ Salade aux pêches et jambon cru

4 pêches jaunes, 300 g de jambon cru, 200 g de mâche, 200 g de tomates cerises, 1 oignon rouge, 40 g de feta, 3 c. à s. d'huile, 2 c. à s. de vinaigre balsamique, 1 c. à c. d'origan, 1 c. à c. de thym, sel.

○ Curry d'œufs durs

200 g de riz, 6 œufs, 2 courgettes, 2 tomates, 1 oignon, 30 cl de lait de coco, 2 c. à s. d'huile, 2 c. à s. de curry, 1 c. à c. de curcuma, 1 c. à c. de cumin, 1 c. à c. de garam masala, sel.

○ Gratin vegan au tempeh

400 g de tempeh, 400 g de pommes de terre, 3 poivrons verts, 2 aubergines, 1 oignon, 60 g de levure maltée, 4 c. à s. d'huile d'olive, 2 c. à s. de sauce soja, ½ c. à c. de piment, sel, poivre.

○ Saumon frais aux olives et avocat

600 g de saumon frais, 1 avocat, 40 g d'olives noires, 2 citrons verts (jus), 1 gousse d'ail, 15 g de gingembre, 10 g de ciboulette, 2 c. à s. d'huile d'olive, 30 g de graines de sésame, sel, poivre.

○ Poulet aux citrons chinois et riz noir

500 g de poulet, 240 g de riz noir, 2 citrons (jus + zeste), 10 cl de vin blanc, 2 c. à s. d'huile, 1 c. à s. de miel, 1 c. à s. de maïzena, 10 g de graines de sésame, sel, poivre.

71

Et aussi

AOÛT

2024

Lundi **19**	**Clafoutis jambon et haricots verts**	15 mn 50 mn 470 kcal
Mardi **20**	**Pâtes sauce petits pois et noisettes**	15 mn 30 mn 520 kcal
Mercredi **21**	**Filets de dorade sauce aux courgettes**	20 mn 55 mn 470 kcal
Jeudi **22**	**Salade de pommes de terre**	10 mn 30 mn 45 mn 400 kcal
Vendredi **23**	**Chou-fleur à la bolognaise**	15 mn 30 mn 390 kcal
Samedi **24**	**Salade de champignons crus et jambon**	10 mn 1 h 410 kcal
Dimanche **25**	**Pois chiches et tofu confit**	15 mn 55 mn 410 kcal

Recettes

Pour 4 personnes

Préchauffer le four à 200 °C. Cuire 800 g de haricots verts 10 mn à la vapeur. Mélanger : 200 g de fromage blanc + 3 œufs + 25 cl de lait de soja + 1 c. à s. de moutarde + 20 g de farine + sel + poivre. Ajouter 350 g d'allumettes de jambon + 40 g de noix concassées + les haricots verts, mélanger le tout et verser dans un moule à tarte. Enfourner 40 mn. Saupoudrer 40 g de levure maltée.

Faire griller 40 g de noisettes 15 mn au four à 200 °C. Cuire 300 g de pâtes al dente (selon les indications du paquet). Cuire 300 g de petits pois 10 mn à la vapeur. Mixer les petits pois + les noisettes + 200 g d'épinards + 3 c. à s. d'huile d'olive + 40 g de parmesan + le jus et zeste d'1 citron + sel + poivre, jusqu'à obtention d'une texture lisse. Verser le mélange sur les pâtes égouttées, remuer, cuire 5 mn à feu doux. Saupoudrer 40 g de levure maltée.

Rincer et cuire 250 g de riz dans 50 cl d'eau salée, 30 mn après ébullition. Cuire 2 courgettes coupées en morceaux 15 mn dans de l'eau salée, puis les mixer avec 15 cl de crème de soja + 1 c. à c. de curry + 1 c. à c. de thym + 10 g de basilic + sel + poivre. Faire revenir 2 tomates en dés 5 mn dans 2 c. à s. d'huile + sel. Ajouter 600 g de filets de dorade + le jus d'1 citron + 20 g d'olives noires, mélanger, cuire 6 mn. Servir avec le riz et la sauce.

Cuire 800 g de pommes de terre dans de l'eau salée, 20 mn après ébullition. Faire chauffer 2 c. à s. d'huile, ajouter les pommes de terre coupées en morceaux + 250 g d'allumettes de dinde, cuire 10 mn. Dans un saladier, mélanger : 250 g de fromage blanc + 1 c. à s. de vinaigre de cidre + 1 c. à c. de moutarde + 10 g de ciboulette hachée + sel + poivre. Ajouter 2 tomates et 1 concombre en rondelles + la poêlée, mélanger, réserver au frigo 45 mn.

Cuire à la vapeur 1 chou-fleur coupé en morceaux, 8 mn. Faire revenir 1 oignon émincé + 1 carotte râpée 5 mn dans 3 c. à s. d'huile d'olive. Ajouter 400 g de bœuf haché + 3 tomates coupées en dés, cuire 5 mn. Mélanger 10 cl d'eau + 1 c. à c. de bouillon de légumes, ajouter 3 c. à s. de concentré de tomates + 1 c. à c. d'origan + sel + poivre, laisser mijoter 10 mn à feu doux. Ajouter le chou-fleur + 40 g de gruyère râpé, mélanger le tout, cuire 2 mn.

Dans un saladier, mélanger : 4 c. à s. d'huile de sésame + 2 c. à s. de sauce soja + 2 c. à s. de vinaigre balsamique + sel. Ajouter 400 g de champignons coupés en fines lamelles + 2 oignons rouges émincés, bien mélanger et réserver au frais 1 h. Ajouter ensuite 1 avocat + 250 g de dés de jambon + 40 g de feta émiettée + 40 g de graines de courge, mélanger.

Préchauffer le four à 170 °C. Faire revenir 1 oignon émincé + 1 poivron jaune coupé en fines lamelles 5 mn dans 3 c. à s. d'huile + sel. Ajouter 400 g de tofu coupé en dés + 500 g de pois chiches cuits, mélanger, cuire 5 mn. Verser 2 c. à s. de miel + 1 c. à c. de cumin + 1 c. à c. de curry + 1 c. à c. de paprika + sel + poivre, ajouter 300 g de tomates cerises coupées en 2, bien mélanger. Verser le tout dans un plat, enfourner 45 mn.

Courses

Pour 4 personnes

○ Clafoutis jambon et haricots verts

800 g de haricots verts, 350 g d'allumettes de jambon, 200 g de fromage blanc, 3 œufs, 40 g de noix, 40 g de levure maltée, 25 cl de lait de soja, 20 g de farine, 1 c. à s. de moutarde, sel, poivre.

○ Pâtes sauce petits pois et noisettes

300 g de pâtes, 300 g de petits pois, 40 g de noisettes, 200 g d'épinards, 1 citron (jus + zeste), 40 g de parmesan, 40 g de levure maltée, 3 c. à s. d'huile d'olive, sel, poivre.

○ Filets de dorade sauce aux courgettes

600 g de filets de dorade, 2 courgettes, 250 g de riz, 2 tomates, 1 citron (jus), 20 g d'olives noires, 15 cl de crème de soja, 10 g de basilic, 2 c. à s. d'huile, 1 c. à c. de curry, 1 c. à c. de thym, sel, poivre.

○ Salade de pommes de terre

800 g de pommes de terre, 250 g d'allumettes de dinde, 2 tomates, 1 concombre, 250 g de fromage blanc, 10 g de ciboulette, 2 c. à s. d'huile, 1 c. à s. de vinaigre de cidre, 1 c. à c. de moutarde, sel.

○ Chou-fleur à la bolognaise

1 chou-fleur, 400 g de bœuf haché, 3 tomates, 1 carotte, 1 oignon, 3 c. à s. d'huile d'olive, 3 c. à s. de concentré de tomates, 1 c. à c. de bouillon de légumes, 1 c. à c. d'origan, 40 g de gruyère, sel, poivre.

○ Salade de champignons crus et jambon

400 g de champignons, 250 g de dés de jambon, 1 avocat, 2 oignons rouges, 40 g de feta, 40 g de graines de courge, 4 c. à s. d'huile de sésame, 2 c. à s. de sauce soja, 2 c. à s. de vinaigre balsamique, sel.

○ Pois chiches et tofu confit

500 g de pois chiches cuits, 400 g de tofu, 300 g de tomates cerises, 1 poivron jaune, 1 oignon, 3 c. à s. d'huile, 2 c. à s. de miel, 1 c. à c. de cumin, 1 c. à c. de curry, 1 c. à c. de paprika, sel, poivre.

73

Et aussi

AOÛT/SEPT. 2024

Lundi **26**

Pâtes au poulet et légumes d'été

15 mn
20 mn
460 kcal

Mardi **27**

Flan de tomates au thon

10 mn
50 mn
380 kcal

Mercredi **28**

Poêlée d'œufs estivale

15 mn
25 mn
415 kcal

Jeudi **29**

Salade de carottes, avocats et poulet épicé

15 mn
10 mn
500 kcal

Vendredi **30**

Bœuf sauté aux amandes

15 mn
35 mn
520 kcal

Samedi **31**

Salade de quinoa, haricots et saumon

10 mn
25 mn
1 h
490 kcal

Dimanche **1**

Gratin de quinoa aux courgettes et au poulet

10 mn
50 mn
480 kcal

74

Recettes

Pour 4 personnes

Cuire 250 g de pâtes al dente (selon les indications du paquet). Faire revenir 1 aubergine et 1 poivron rouge coupés en fines lamelles 5 mn dans 2 c. à s. d'huile d'olive + sel. Ajouter 1 courgette et 2 tomates en dés, cuire 5 mn. Ajouter 400 g de poulet en morceaux, cuire 5 mn. Verser les pâtes + 3 c. à s. d'eau de cuisson + 1 c. à c. de piment + 1 c. à c. d'origan + sel + poivre, mélanger, cuire 2 mn à feu doux. Saupoudrer 10 g de basilic haché.

Préchauffer le four à 180 °C. Faire revenir 1 oignon émincé + 2 gousses d'ail hachées 5 mn dans 2 c. à s. d'huile d'olive. Ajouter 6 tomates mixées + 2 c. à s. de vinaigre balsamique + 2 c. à s. de miel + 1 c. à c. d'origan + sel + poivre. Mélanger. Cuire 4 mn puis laisser refroidir. Dans un saladier, mélanger : 4 œufs + 280 g de thon au naturel + 40 g de comté râpé, ajouter la poêlée, puis 20 g de farine, bien mélanger. Verser le tout dans un plat, enfourner 40 mn.

Cuire 8 œufs dans de l'eau, 8 mn après ébullition. Faire revenir 400 g de pommes de terre et 2 poivrons rouges en fines lamelles + 2 oignons émincés + 2 gousses d'ail hachées 10 mn dans 2 c. à s. d'huile d'olive + sel. Ajouter 4 tomates coupées en petits dés + 1 c. à c. de thym + sel + poivre, mélanger, cuire 2 mn. Ajouter les œufs coupés en rondelles, mélanger, cuire 3 mn à feu doux. Saupoudrer 60 g de levure maltée.

Faire revenir 400 g de poulet coupé en dés 5 mn dans 1 c. à s. d'huile. Ajouter 1 c. à c. de piment + sel, mélanger et cuire 2 mn à feu doux. Dans un saladier, mélanger : 2 c. à s. d'eau + 2 c. à s. d'huile + 1 c. à s. de sauce soja + 1 c. à c. de curry + 1 c. à c. d'herbes de Provence + sel. Ajouter 2 avocats coupés en dés + 3 carottes râpées + 200 g de haricots rouges cuits, mélanger. Ajouter le poulet refroidi, mélanger le tout.

Rincer et cuire 250 g de riz dans 50 cl d'eau salée, 20 mn après ébullition. Dans un wok, faire revenir 1 oignon émincé + 1 poivron rouge et 1 poivron vert en fines lamelles 5 mn dans 2 c. à s. d'huile + sel. Ajouter 600 g de bœuf en morceaux + 40 g d'amandes, mélanger, cuire 5 mn. Verser 15 cl de coulis de tomates + 2 c. à s. de sauce soja + 1 c. à c. de paprika + ½ c. à c. de piment + sel, ajouter le riz, mélanger, cuire 5 mn à feu doux.

Rincer et cuire 200 g de quinoa dans 60 cl d'eau, 15 mn après ébullition, couvrir et laisser gonfler. Cuire 300 g de haricots verts 10 mn à la vapeur. Dans un saladier, mélanger : le jus de 2 citrons verts + 2 c. à s. d'huile + 1 c. à s. de moutarde + 1 c. à c. de thym + 10 g de ciboulette ciselée + 20 g de graines de sésame + sel + poivre. Ajouter le quinoa + les haricots + 400 g de saumon fumé en morceaux, mélanger, réserver 1 h au frais.

Préchauffer le four à 180 °C. Rincer et cuire 150 g de quinoa dans 45 cl d'eau salée, 15 mn après ébullition. Faire revenir 1 oignon émincé + 1 gousse d'ail hachée 5 mn dans 1 c. à s. d'huile. Dans un saladier, mélanger : 1 œuf + 15 cl de lait de soja + 15 cl de crème de soja + sel + poivre. Ajouter 2 courgettes râpées + 300 g d'allumettes de poulet + le quinoa + la poêlée, mélanger le tout. Verser le contenu du saladier dans un plat, saupoudrer 40 g de gruyère, enfourner 30 mn.

Courses

Pour 4 personnes

○ Pâtes au poulet et légumes d'été

250 g de pâtes, 400 g de poulet, 2 tomates, 1 courgette, 1 aubergine, 1 poivron rouge, 10 g de basilic, 2 c. à s. d'huile d'olive, 1 c. à c. de piment, 1 c. à c. d'origan, sel, poivre.

○ Flan de tomates au thon

280 g de thon au naturel, 6 tomates, 1 oignon, 2 gousses d'ail, 4 œufs, 40 g de comté, 20 g de farine, 2 c. à s. d'huile d'olive, 2 c. à s. de vinaigre balsamique, 2 c. à s. de miel, 1 c. à c. d'origan, sel, poivre.

○ Poêlée d'œufs estivale

8 œufs, 400 g de pommes de terre, 4 tomates, 2 poivrons rouges, 2 oignons, 2 gousses d'ail, 60 g de levure maltée, 2 c. à s. d'huile d'olive, 1 c. à c. de thym, sel, poivre.

○ Salade de carottes, avocats et poulet épicé

400 g de poulet, 3 carottes, 2 avocats, 200 g de haricots rouges cuits, 3 c. à s. d'huile, 1 c. à s. de sauce soja, 1 c. à c. de piment, 1 c. à c. de curry, 1 c. à c. d'herbes de Provence, sel.

○ Bœuf sauté aux amandes

600 g de bœuf, 40 g d'amandes, 250 g de riz, 1 poivron rouge, 1 poivron vert, 1 oignon, 15 cl de coulis de tomates, 2 c. à s. d'huile, 2 c. à s. de sauce soja, 1 c. à c. de paprika, ½ c. à c. de piment, sel.

○ Salade de quinoa, haricots et saumon

200 g de quinoa, 300 g de haricots verts, 400 g de saumon fumé, 2 citrons verts (jus), 20 g de graines de sésame, 10 g de ciboulette, 2 c. à s. d'huile, 1 c. à s. de moutarde, 1 c. à c. de thym, sel, poivre.

○ Gratin de quinoa aux courgettes et au poulet

150 g de quinoa, 2 courgettes, 300 g d'allumettes de poulet, 1 oignon, 1 gousse d'ail, 1 œuf, 40 g de gruyère, 15 cl de lait de soja, 15 cl de crème de soja, 1 c. à s. d'huile, sel, poivre.

75

Et aussi

SEPTEMBRE 2024

Lundi
2
Gnocchis aux tomates et à la menthe
15 mn
15 mn
450 kcal

Mardi
3
Salade de crevettes et mangue sauce coco
10 mn
1 h
430 kcal

Mercredi
4
Salade de pâtes à la dinde et melon au miel
15 mn
15 mn
1 h
420 kcal

Jeudi
5
Poulet à l'italienne
15 mn
55 mn
410 kcal

Vendredi
6
Tarte au thon
10 mn
40 mn
450 kcal

Samedi
7
Semoule épicée à la ratatouille
10 mn
50 mn
410 kcal

Dimanche
8
Haricots verts libanais et viande hachée
10 mn
50 mn
380 kcal

 76

Recettes

Pour 4 personnes

Faire dorer 600 g de gnocchis 3 mn à feu vif dans 1 c. à s. d'huile. Baisser le feu, couvrir et laisser gonfler 5 mn. Ajouter 2 tomates coupées en petits dés + 1 gousse d'ail hachée, cuire 4 mn. Mixer 20 cl de crème de soja + 15 g de menthe + sel + poivre. Verser le mélange + 6 tomates séchées coupées en morceaux dans la poêle, mélanger, cuire 4 mn à feu doux. Saupoudrer 40 g de feta émiettée.

Dans un saladier, mélanger : 15 cl de lait de coco + le jus et zeste d'1 citron vert + 15 g de gingembre + 1 gousse d'ail + 10 g de coriandre hachée + 1 c. à c. de curry + sel + poivre. Ajouter 600 g de crevettes décortiquées, mélanger, réserver au frais 1 h. Ajouter 200 g de roquette + 1 avocat et 1 mangue coupés en morceaux, mélanger le tout.

Dans un saladier, mélanger : 2 c. à s. d'huile d'olive + 2 c. à s. de vinaigre de cidre + 2 c. à s. de miel + 1 c. à c. de thym + sel + poivre. Ajouter 1 melon et 1 concombre coupés en morceaux, mélanger, réserver 1 h au frais. Cuire 250 g de pâtes al dente (selon les indications du paquet), égoutter et laisser refroidir. Ajouter les pâtes à la salade + 200 g d'allumettes de dinde + 40 g de feta coupée en morceaux, mélanger le tout.

Faire revenir 400 g de poulet coupé en morceaux + 1 poivron rouge coupé en fines lamelles + 200 g de champignons hachés + 1 oignon émincé 5 mn dans 3 c. à s. d'huile d'olive. Mélanger 20 cl d'eau + 1 c. à c. de bouillon de légumes + 20 g de farine, cuire 10 mn à feu doux. Ajouter 50 cl de sauce tomate + 10 g de persil haché + sel + poivre, mélanger, laisser mijoter 40 mn.

Préchauffer le four à 200 °C. Dans un moule, étaler et piquer 1 pâte feuilletée. Mélanger 280 g de thon + 1 gousse d'ail hachée + 3 c. à s. de moutarde, répartir dans le fond de tarte. Couper 2 tomates et 1 courgette en rondelles fines, les répartir uniformément sur la pâte. Verser le mélange : 2 œufs + 15 cl de crème de soja + 10 cl de lait de soja + 1 c. à c. de thym + sel + poivre. Enfourner 40 mn. Saupoudrer 40 g de levure maltée.

Faire revenir 1 oignon et 2 gousses d'ail hachés + 2 poivrons rouges et 1 poivron vert en dés dans 3 c. à s. d'huile, cuire 5 mn. Ajouter 2 courgettes + 1 aubergine + 4 tomates en dés. Ajouter 10 g de basilic haché + 1 c. à c. de thym + sel + poivre, mélanger, couvrir et faire mijoter 45 mn à feu doux. Dans un saladier, déposer 250 g de semoule + 1 c. à c. de paprika + sel, verser 35 cl d'eau bouillante, couvrir, laisser gonfler.

Cuire 500 g de haricots verts 10 mn à la vapeur. Faire revenir 2 oignons et 2 gousses d'ail hachés 5 mn dans 2 c. à s. d'huile. Ajouter 3 tomates coupées en petits dés + 1 c. à c. d'origan + 1 c. à c. de thym + 1 c. à c. de coriandre moulue + sel + poivre, mélanger, cuire 5 mn. Ajouter 500 g de viande hachée + les haricots verts, mélanger, couvrir et laisser mijoter 30 mn à feu doux. Parsemer 10 g de coriandre hachée.

Courses

Pour 4 personnes

○ Gnocchis aux tomates et à la menthe

600 g de gnocchis, 2 tomates, 15 g de menthe, 6 tomates séchées, 1 gousse d'ail, 40 g de feta, 20 cl de crème de soja, 1 c. à s. d'huile, sel, poivre.

○ Salade de crevettes et mangue sauce coco

600 g de crevettes, 1 mangue, 15 cl de lait de coco, 1 avocat, 200 g de roquette, 1 gousse d'ail, 1 citron vert (jus + zeste), 15 g de gingembre, 10 g de coriandre, 1 c. à c. de curry, sel, poivre.

○ Salade de pâtes à la dinde et melon au miel

250 g de pâtes, 200 g d'allumettes de dinde, 1 melon, 2 c. à s. de miel, 1 concombre, 40 g de feta, 2 c. à s. d'huile d'olive, 2 c. à s. de vinaigre de cidre, 1 c. à c. de thym, sel, poivre.

○ Poulet à l'italienne

400 g de poulet, 200 g de champignons, 1 poivron rouge, 1 oignon, 50 cl de sauce tomate, 20 g de farine, 10 g de persil, 3 c. à s. d'huile d'olive, 1 c. à c. de bouillon de légumes, sel, poivre.

○ Tarte au thon

1 pâte feuilletée, 280 g de thon, 1 gousse d'ail, 2 tomates, 1 courgette, 2 œufs, 15 cl de crème de soja, 10 cl de lait de soja, 3 c. à s. de moutarde, 1 c. à c. de thym, 40 g de levure maltée, sel, poivre.

○ Semoule épicée à la ratatouille

250 g de semoule, 4 tomates, 2 courgettes, 1 aubergine, 2 poivrons rouges, 1 poivron vert, 1 oignon, 2 gousses d'ail, 3 c. à s. d'huile, 10 g de basilic, 1 c. à c. de thym, 1 c. à c. de paprika, sel, poivre.

○ Haricots verts libanais et viande hachée

500 g de haricots verts, 500 g de viande hachée, 3 tomates, 2 oignons, 2 gousses d'ail, 10 g de coriandre, 2 c. à s. d'huile, 1 c. à c. de coriandre moulue, 1 c. à c. d'origan, 1 c. à c. de thym, sel, poivre.

Et aussi

SEPTEMBRE 2024

Lundi 9	Gratin de courgettes et jambon	10 mn / 40 mn	400 kcal
Mardi 10	Chakchouka de courgettes	10 mn / 30 mn	360 kcal
Mercredi 11	Salade de poulet et haricots rouges épicés	10 mn / 6 mn / 45 mn	380 kcal
Jeudi 12	Spaghettis d'automne	15 mn / 20 mn	550 kcal
Vendredi 13	Lasagnes de poulet aux champignons	15 mn / 35 mn	430 kcal
Samedi 14	Cabillaud à la crème de poivrons	10 mn / 1 h 15	580 kcal
Dimanche 15	Velouté d'aubergines et allumettes de jambon	10 mn / 30 mn	450 kcal

Recettes

Pour 4 personnes

Courses

Pour 4 personnes

Gratin de courgettes et jambon

4 courgettes, 300 g d'allumettes de jambon, 2 œufs, 2 gousses d'ail, 40 g de comté, 20 cl de crème de soja, ½ c. à c. de noix de muscade, sel, poivre.

Préchauffer le four à 180 °C. Dans un plat, répartir 4 courgettes coupées en rondelles + 300 g d'allumettes de jambon. Verser le mélange : 2 œufs + 2 gousses d'ail hachées + 20 cl de crème de soja + ½ c. à c. de noix de muscade + sel + poivre, bien répartir. Saupoudrer 40 g de comté râpé, enfourner 40 mn.

Chakchouka de courgettes

8 œufs, 5 courgettes, 2 poivrons verts, 4 tomates, 1 oignon, 2 gousses d'ail, 4 c. à s. d'huile d'olive, 2 c. à c. de paprika, ½ c. à c. de piment, sel, poivre.

Faire revenir 2 poivrons verts coupés en dés + 1 oignon émincé + 2 gousses d'ail hachées 5 mn dans 4 c. à s. d'huile d'olive. Ajouter 5 courgettes et 4 tomates coupées en dés + 2 c. à c. de paprika + ½ c. à c. de piment + sel + poivre, mélanger, cuire 20 mn à feu doux. Ajouter 8 œufs, cuire 3 mn.

Salade de poulet et haricots rouges épicés

400 g de poulet, 400 g de haricots rouges cuits, 200 g de maïs, 2 tomates, 1 oignon rouge, 3 c. à s. d'huile d'olive, 2 c. à s. de vinaigre, 1 c. à c. de moutarde, 1 c. à c. de paprika, 1 c. à c. de tabasco, sel.

Faire revenir 400 g de poulet coupé en morceaux 6 mn dans 1 c. à s. d'huile d'olive. Dans un saladier, mélanger : 2 c. à s. d'huile d'olive + 2 c. à s. de vinaigre + 1 c. à c. de moutarde + 1 c. à c. de paprika + 1 c. à c. de tabasco + sel. Ajouter 400 g de haricots rouges cuits + 200 g de maïs + 1 oignon rouge émincé + 2 tomates coupées en dés + le poulet refroidi, mélanger le tout. Réserver 45 mn au frais.

Spaghettis d'automne

250 g de spaghettis, 400 g de potimarron, 200 g de champignons, 200 g d'épinards, 1 oignon, 40 g de levure maltée, 20 cl de crème de soja, 20 g de noix, 1 c. à s. d'huile d'olive, sel, poivre.

Cuire 10 mn à la vapeur 400 g de potimarron coupé en dés. Cuire 250 g de spaghettis al dente (selon les indications du paquet). Faire revenir 1 oignon et 200 g de champignons émincés 5 mn dans 1 c. à s. d'huile d'olive. Ajouter 200 g d'épinards + sel, cuire 3 mn. Ajouter le potimarron + les pâtes égouttées + 20 cl de crème de soja + 20 g de noix concassées + sel + poivre, bien mélanger, cuire 3 mn à feu doux. Saupoudrer 40 g de levure maltée.

Lasagnes de poulet aux champignons

12 feuilles de lasagnes, 300 g de poulet, 400 g de champignons, 60 cl de lait de soja, 30 g d'huile de coco désodorisée, 30 g de farine, 2 c. à s. d'huile d'olive, sel, poivre.

Précuire 12 feuilles de lasagnes (selon les indications du paquet). Préchauffer le four à 200 °C. Faire revenir 300 g de poulet en dés + 400 g de champignons 6 mn dans 2 c. à s. d'huile d'olive + sel. Dans une casserole, faire fondre 30 g d'huile de coco désodorisée + 30 g de farine + sel + poivre, mélanger. Verser 60 cl de lait de soja petit à petit tout en remuant puis ajouter à la poêlée, mélanger. Dans un plat, alterner 4 feuilles de lasagnes et le mélange, répéter 2 fois. Enfourner 30 mn.

Cabillaud à la crème de poivrons

400 g de cabillaud, 2 poivrons verts, 200 g de riz complet, 1 gousse d'ail, 30 cl de crème de soja, 15 cl de coulis de tomates, 2 c. à s. d'huile, 1 c. à c. de paprika, sel, poivre.

Rincer et cuire 200 g de riz complet 40 mn dans 40 cl d'eau salée. Faire revenir 2 poivrons verts coupés en petits dés 15 mn dans 1 c. à s. d'huile + sel. Les mixer avec 30 cl de crème de soja + 15 cl de coulis de tomates + 1 gousse d'ail + 1 c. à c. de paprika + sel + poivre, réserver. Faire revenir 400 g de cabillaud 4 mn dans 1 c. à s. d'huile. Verser la sauce, laisser mijoter 15 mn à feu doux.

Velouté d'aubergines et allumettes de jambon

2 aubergines, 400 g d'allumettes de jambon, 2 oignons, 300 g de pommes de terre, 20 cl de crème de soja, 4 c. à s. d'huile, 1 c. à c. de paprika, sel, poivre.

Préchauffer le four à 200 °C. Couper 2 aubergines et 300 g de pommes de terre en dés, les imbiber de 3 c. à s. d'huile + sel, enfourner 20 mn. Faire revenir 2 oignons émincés 5 mn dans 1 c. à s. d'huile. Ajouter les légumes + 1 l d'eau + sel + poivre, porter à ébullition. Mixer jusqu'à obtenir une texture fluide, ajouter 20 cl de crème de soja + 1 c. à c. de paprika, mélanger. Faire revenir 400 g d'allumettes de jambon 3 mn, les ajouter à la soupe.

79

Et aussi

SEPTEMBRE 2024

Lundi
16

Poêlée de légumes et bœuf au miel

10 mn
25 mn
1 h
380 kcal

Mardi
17

Tarte brocolis et saumon

10 mn
50 mn
580 kcal

Mercredi
18

Tarte aux saucisses de dinde

15 mn
40 mn
545 kcal

Jeudi
19

Courgettes farcies

15 mn
30 mn
475 kcal

Vendredi
20

Pommes de terre et jambon sautés aux prunes

15 mn
20 mn
370 kcal

Samedi
21

Gratin de riz au cabillaud

15 mn
55 mn
550 kcal

Dimanche
22

Salade d'automne aux légumes rôtis

10 mn
35 mn
1 h
435 kcal

Recettes

Pour 4 personnes

Dans un saladier, mélanger : 2 c. à s. d'huile + 1 c. à s. de miel + 1 c. à c. de thym + sel, ajouter 600 g de bœuf en lamelles, réserver au frais 1 h. Cuire 10 mn à la vapeur 400 g de haricots verts. Dans un wok, faire revenir 1 brocoli en morceaux + 2 carottes râpées + 1 oignon émincé 5 mn dans 2 c. à s. d'huile d'olive. Ajouter les haricots + le bœuf, cuire 6 mn. Baisser le feu, ajouter 2 c. à s. de sauce soja + poivre, cuire 2 mn.

Préchauffer le four à 180 °C. Cuire 8 mn à la vapeur 300 g de brocolis coupés en petits morceaux. Dans un moule, étaler et piquer 1 pâte à pizza, répartir les brocolis + 200 g de saumon fumé coupé en morceaux. Verser le mélange : 4 œufs + 20 cl de crème de soja + 20 cl de lait de soja + 1 c. à c. de curry + sel + poivre, bien répartir. Saupoudrer 40 g de feta émiettée, enfourner 40 mn.

Préchauffer le four à 180 °C. Faire revenir 1 oignon émincé + 1 poireau coupé en fines rondelles 5 mn dans 1 c. à s. d'huile d'olive + sel. Ajouter 400 g de saucisses de dinde coupées en rondelles, cuire 5 mn. Dans un moule, étaler et piquer 1 pâte à pizza, y répartir le contenu de la poêle, recouvrir du mélange : 3 œufs + 20 cl de crème de soja + sel + poivre. Enfourner 30 mn. Saupoudrer 40 g de levure maltée.

Préchauffer le four à 200 °C. Couper et gratter 8 courgettes rondes, réserver la chair. Faire revenir 1 oignon haché + 400 g de bœuf haché 5 mn dans 2 c. à s. d'huile d'olive. Verser 40 cl de coulis de tomates + la chair des courgettes + 1 c. à c. de paprika + ½ c. à c. de piment + sel + poivre, mélanger, cuire 5 mn. Ajouter 200 g de yaourt grec, bien mélanger. Farcir les courgettes, saupoudrer 40 g de parmesan. Enfourner 20 mn.

Dans un wok, faire revenir 600 g de pommes de terre coupées en dés + 3 gousses d'ail hachées 10 mn dans 3 c. à s. d'huile + sel. Ajouter 150 g de prunes, cuire 5 mn. Ajouter 400 g d'allumettes de jambon + le jus d'1 citron + 2 c. à s. de sauce soja + 1 c. à c. de miel + 1 c. à c. de thym + poivre. Bien mélanger, couvrir et cuire 5 mn à feu moyen.

Cuire 250 g de riz complet dans 50 cl d'eau salée + 1 c. à c. de curcuma, 30 mn après ébullition. Préchauffer le four à 180 °C. Faire revenir 1 oignon et 1 gousse d'ail hachés 5 mn dans 1 c. à s. d'huile d'olive. Ajouter 250 g d'épinards + sel, mélanger. Ajouter 400 g de cabillaud, cuire 5 mn, l'émietter avec une fourchette. Verser 20 cl de crème de soja + sel + poivre + le riz, mélanger. Verser le tout dans un plat, saupoudrer 40 g de parmesan, enfourner 15 mn.

Préchauffer le four à 200 °C. Couper 400 g de potimarron et 2 panais en dés, les imbiber de 2 c. à s. d'huile d'olive + sel, enfourner 20 mn. Rincer et cuire 250 g de quinoa dans 50 cl d'eau, 15 mn après ébullition. Mélanger : 2 c. à s. d'huile d'olive + 2 c. à s. de vinaigre de cidre + 1 c. à s. de miel + 1 c. à c. de moutarde + sel + poivre. Ajouter le quinoa + les légumes + 2 carottes râpées + 2 oignons rouges émincés, mélangeret réserver 1 h au frais.

Courses

Pour 4 personnes

○ Poêlée de légumes et bœuf au miel

2 carottes, 1 brocoli, 400 g de haricots verts, 1 oignon, 600 g de bœuf, 1 c. à s. de miel, 4 c. à s. d'huile d'olive, 2 c. à s. de sauce soja, 1 c. à c. de thym, sel, poivre.

○ Tarte brocolis et saumon

1 pâte à pizza, 300 g de brocolis, 200 g de saumon fumé, 4 œufs, 40 g de feta, 20 cl de crème de soja, 20 cl de lait de soja, 1 c. à c. de curry, sel, poivre.

○ Tarte aux saucisses de dinde

1 pâte à pizza, 400 g de saucisses de dinde, 1 oignon, 1 poireau, 3 œufs, 40 g de levure maltée, 20 cl de crème de soja, 1 c. à s. d'huile d'olive, sel, poivre.

○ Courgettes farcies

8 courgettes rondes, 400 g de bœuf haché, 1 oignon, 200 g de yaourt grec, 40 cl de coulis de tomates, 40 g de parmesan, 2 c. à s. d'huile d'olive, 1 c. à c. de paprika, ½ c. à c. de piment, sel, poivre.

○ Pommes de terre et jambon sautés aux prunes

600 g de pommes de terre, 400 g d'allumettes de jambon, 150 g de prunes, 3 gousses d'ail, 1 citron (jus), 3 c. à s. d'huile, 2 c. à s. de sauce soja, 1 c. à c. de miel, 1 c. à c. de thym, sel.

○ Gratin de riz au cabillaud

250 g de riz complet, 400 g de cabillaud, 250 g d'épinards, 1 oignon, 1 gousse d'ail, 40 g de parmesan, 20 cl de crème de soja, 1 c. à s. d'huile d'olive, 1 c. à c. de curcuma, sel, poivre.

○ Salade d'automne aux légumes rôtis

250 g de quinoa, 400 g de potimarron, 2 carottes, 2 panais, 2 oignons rouges, 4 c. à s. d'huile d'olive, 2 c. à s. de vinaigre de cidre, 1 c. à s. de miel, 1 c. à c. de moutarde, sel, poivre.

Et aussi

SEPTEMBRE 2024

Jour	Recette	Préparation	Cuisson	Calories
Lundi 23	Pâtes jambon, tomates et mozzarella	10 mn	15 mn	450 kcal
Mardi 24	Haricots verts au jambon et œufs	15 mn	25 mn	400 kcal
Mercredi 25	Bœuf sauce cacahuètes	20 mn	25 mn	410 kcal
Jeudi 26	Soupe mexicaine	15 mn	25 mn	370 kcal
Vendredi 27	Spaghettis au saumon	15 mn	15 mn	530 kcal
Samedi 28	Tarte au jambon et pruneaux	10 mn	35 mn	510 kcal
Dimanche 29	Gratin de poulet et pommes de terre aux herbes	20 mn	50 mn	400 kcal

82

Recettes

Pour 4 personnes

Faire cuire 300 g de pâtes al dente (selon les indications du paquet). Faire revenir 200 g d'allumettes de jambon + 200 g d'épinards 3 mn dans 1 c. à s. d'huile d'olive. Ajouter 3 tomates coupées en petits dés + sel, mélanger, cuire 5 mn. Ajouter les pâtes + 3 c. à s. d'eau de cuisson + 1 boule de mozzarella coupée en morceaux + 2 c. à s. de concentré de tomates + 1 c. à c. de paprika + sel + poivre, mélanger et laisser cuire 5 mn sur à doux.

Cuire 500 g de haricots verts 10 mn à la vapeur. Faire revenir 1 oignon émincé + 1 gousse d'ail hachée 5 mn dans 1 c. à s. d'huile d'olive. Ajouter 200 g d'allumettes de jambon, mélanger, cuire 5 mn. Ajouter les haricots verts + 20 cl de crème de soja + sel + poivre, mélanger, cuire 3 mn à feu doux. Dans une autre poêle, cuire 4 œufs au plat 3 mn dans 1 c. à s. d'huile d'olive.

Dans une casserole, faire revenir 200 g de pommes de terre et 200 g de patates douces coupées en cubes 10 mn dans 2 c. à s. d'huile de sésame + sel. Ajouter 400 g de bœuf en morceaux + 3 gousses d'ail hachées, cuire 6 mn. Mixer : 50 g de cacahuètes + 1 c. à s. d'huile de sésame + 20 cl de coulis de tomates + 2 c. à s. de concentré de tomates + 1 c. à c. de piment + sel + poivre, verser dans la casserole, mélanger. Couvrir et laisser mijoter 10 mn à feu doux.

Dans une grande casserole, faire revenir 1 oignon émincé + 2 gousses d'ail hachées + 1 c. à c. de piment + 1 c. à c. de gingembre + sel 5 mn dans 3 c. à s. d'huile. Ajouter 800 g de haricots rouges cuits + 300 g de maïs + 5 tomates + 2 carottes coupées en morceaux, mélanger. Verser 1,5 l d'eau + sel, porter à ébullition, cuire 20 mn. Mixer jusqu'à obtention d'une texture fluide, saupoudrer 10 g de coriandre hachée.

Cuire 300 g de spaghettis al dente (selon les indications du paquet). Faire revenir 2 courgettes en fines rondelles + 1 oignon émincé 8 mn dans 2 c. à s. d'huile d'olive + sel. Ajouter 200 g de saumon en petits morceaux, cuire 5 mn. Verser 200 g de fromage blanc + 1 c. à c. de sauce soja + sel + poivre, ajouter les pâtes égouttées + 2 c. à s. d'eau de cuisson, mélanger, cuire 3 mn à feu doux. Saupoudrer 10 g de ciboulette ciselée + 40 g de levure maltée.

Préchauffer le four à 180 °C. Dans une poêle, faire revenir 5 mn 250 g d'allumettes de jambon + 150 g de pruneaux coupés en 2. Dans un moule, étaler et piquer 1 pâte feuilletée, verser le contenu de la poêle puis le mélange : 3 œufs + 10 cl de lait de soja + 1 c. à c. de thym + sel + poivre, bien répartir. Parsemer 40 g de bûche de chèvre coupée en rondelles, enfourner 30 mn.

Préchauffer le four à 180 °C. Faire revenir 400 g de pommes de terre en petits dés 15 mn dans 2 c. à s. d'huile d'olive + sel. Ajouter 1 oignon émincé + 1 gousse d'ail hachée, cuire 5 mn. Ajouter 400 g de poulet coupé en morceaux, cuire 5 mn. Verser le tout dans un plat, recouvrir du mélange : 1 œuf + 10 cl de crème de soja + 10 g de persil ciselé + 1 c. à c. de thym + sel + poivre, bien répartir. Enfourner 25 mn. Parsemer 10 g de ciboulette hachée.

Courses

Pour 4 personnes

- [ ] **Pâtes jambon, tomates et mozzarella**

300 g de pâtes, 3 tomates, 200 g d'allumettes de jambon, 1 boule de mozzarella, 200 g d'épinards, 2 c. à s. de concentré de tomates, 1 c. à s. d'huile d'olive, 1 c. à c. de paprika, sel, poivre.

- [ ] **Haricots verts au jambon et œufs**

500 g de haricots verts, 200 g d'allumettes de jambon, 4 œufs, 1 oignon, 1 gousse d'ail, 20 cl de crème de soja, 2 c. à s. d'huile d'olive, sel, poivre.

- [ ] **Bœuf sauce cacahuètes**

400 g de bœuf, 50 g de cacahuètes, 200 g de pommes de terre, 200 g de patates douces, 3 gousses d'ail, 20 cl de coulis de tomates, 3 c. à s. d'huile de sésame, 2 c. à s. concentré de tomates, 1 c. à c. de piment, sel.

- [ ] **Soupe mexicaine**

800 g de haricots rouges cuits, 300 g de maïs, 5 tomates, 2 carottes, 1 oignon, 2 gousses d'ail, 10 g de coriandre, 3 c. à s. d'huile, 1 c. à c. de piment, 1 c. à c. de gingembre, sel.

- [ ] **Spaghettis au saumon**

300 g de spaghettis, 200 g de saumon, 2 courgettes, 1 oignon, 200 g de fromage blanc, 40 g de levure maltée, 10 g de ciboulette, 2 c. à s. d'huile d'olive, 1 c. à c. de sauce soja, sel, poivre.

- [ ] **Tarte au jambon et pruneaux**

1 pâte feuilletée, 250 g d'allumettes de jambon, 150 g de pruneaux, 3 œufs, 40 g de bûche de chèvre, 10 cl de lait de soja, 1 c. à c. de thym, sel, poivre.

- [ ] **Gratin de poulet et pommes de terre aux herbes**

400 g de poulet, 400 g de pommes de terre, 1 oignon, 1 gousse d'ail, 1 œuf, 10 cl de crème de soja, 10 g de persil, 10 g de ciboulette, 2 c. à s. d'huile d'olive, 1 c. à c. de thym, sel, poivre.

Et aussi

SEPT./OCT. 2024

Lundi **30**
Tarte napolitaine légère
15 mn · 35 mn · 500 kcal

Mardi **1**
Flan de légumes et poulet
15 mn · 45 mn · 410 kcal

Mercredi **2**
Curry de fenouil
15 mn · 25 mn · 410 kcal

Jeudi **3**
Gratin de crevettes
15 mn · 25 mn · 350 kcal

Vendredi **4**
Quinoa et poulet au lait de coco
20 mn · 40 mn · 560 kcal

Samedi **5**
Gratin de carottes et courge butternut
15 mn · 55 mn · 380 kcal

Dimanche **6**
Parmentier de colin
15 mn · 1 h 05 · 420 kcal

84

Recettes

Pour 4 personnes

Préchauffer le four à 180 °C. Faire revenir 2 carottes coupées en petits dés + 1 oignon émincé + 1 gousse d'ail hachée 5 mn dans 1 c. à s. d'huile + sel. Ajouter 250 g de viande hachée, cuire 5 mn. Ajouter 3 c. à s. de concentré de tomates + 150 g de fromage blanc + sel + poivre, mélanger, cuire 3 mn à feu doux. Dans un moule, étaler et piquer 1 pâte brisée, verser la poêlée, saupoudrer 40 g de gruyère. Enfourner 20 mn.

Préchauffer le four à 180 °C. Faire revenir 200 g de courge butternut + 2 courgettes en rondelles + 2 oignons hachés 8 mn dans 3 c. à s. d'huile + sel. Ajouter 200 g d'allumettes de poulet + 200 g d'épinards, mélanger, cuire 5 mn. Verser le tout dans un plat, recouvrir du mélange : 3 œufs + 20 cl de crème de soja + 60 g de farine + 1 c. à s. de moutarde + sel + poivre, bien répartir. Saupoudrer 40 g de comté, enfourner 30 mn.

Rincer et cuire 200 g de riz basmati 20 mn avec 40 cl d'eau salée. Faire revenir 400 g de fenouil + 3 carottes coupées en petits morceaux + 2 oignons émincés 5 mn dans 2 c. à s. d'huile + sel. Ajouter 400 g de tofu coupé en dés + 1 c. à s. de curry + 1 c. à c. de curcuma + 1 c. à c. de cumin + sel + poivre, mélanger, cuire 5 mn. Verser 200 g de fromage blanc + le riz, bien mélanger, laisser cuire 5 mn à feu doux.

Préchauffer le four à 180 °C. Dans un saladier, mélanger 200 g de crevettes décortiquées + le jus d'1 citron + sel, réserver. Faire revenir 1 oignon 5 mn dans 2 c. à s. d'huile. Ajouter 800 g d'épinards, cuire 5 mn. Verser la poêlée dans un plat, déposer les crevettes et verser le mélange : 1 œuf + 15 cl de crème de soja + ½ c. à c. de noix de muscade + sel + poivre, bien répartir. Enfourner 15 mn. Saupoudrer 40 g de levure maltée.

Rincer et cuire 300 g de quinoa dans 60 cl d'eau, 15 mn après ébullition. Faire revenir 1 oignon émincé + 2 gousses d'ail hachées 5 mn dans 2 c. à s. d'huile. Ajouter le quinoa + 200 g de poulet en morceaux + 200 g de champignons, mélanger. Verser 20 cl de vin blanc, cuire 10 mn à feu doux. Verser 20 cl de lait de coco + 1 c. à c. de sauce soja + ½ c. à c. de piment + sel, mélanger, laisser mijoter 10 mn à feu doux.

Cuire 600 g de carottes coupées en rondelles 15 mn dans de l'eau salée. Couper 600 g de courge butternut en rondelles. Préchauffer le four à 180 °C. Dans un plat, alterner les rondelles de carottes et de courge butternut, recouvrir du mélange : 3 œufs + 20 g de farine + 20 cl de crème de soja + 10 cl de lait de soja + 1 c. à c. de cumin + sel + poivre, bien répartir. Saupoudrer 40 g de parmesan, enfourner 40 mn.

Cuire 800 g de pommes de terre en morceaux dans de l'eau salée, 30 mn après ébullition. Égoutter, réduire en purée avec 10 cl de lait de soja + 10 cl de crème de soja + ½ c. à c. de noix de muscade + sel + poivre. Préchauffer le four à 180 °C. Faire revenir 400 g de colin + le jus d'1 citron 6 mn dans 2 c. à s. d'huile d'olive. Dans un plat, ajouter le poisson émietté, recouvrir de purée. Enfourner 30 mn, saupoudrer 10 g de ciboulette ciselée.

Courses

Pour 4 personnes

○ Tarte napolitaine légère

1 pâte brisée, 250 g de viande hachée, 40 g de gruyère, 2 carottes, 1 oignon, 1 gousse d'ail, 150 g de fromage blanc, 3 c. à s. de concentré de tomates, 1 c. à s. d'huile, sel, poivre.

○ Flan de légumes et poulet

200 g d'allumettes de poulet, 200 g de courge butternut, 2 courgettes, 200 g d'épinards, 2 oignons, 3 œufs, 60 g de farine, 40 g de comté, 20 cl de crème de soja, 3 c. à s. d'huile, 1 c. à s. de moutarde, sel, poivre.

○ Curry de fenouil

400 g de fenouil, 200 g de riz basmati, 3 carottes, 2 oignons, 400 g de tofu, 200 g de fromage blanc, 2 c. à s. d'huile, 1 c. à s. de curry, 1 c. à c. de curcuma, 1 c. à c. de cumin, sel, poivre.

○ Gratin de crevettes

200 g de crevettes, 800 g d'épinards, 1 oignon, 1 œuf, 1 citron (jus), 15 cl de crème de soja, 40 g de levure maltée, 2 c. à s. d'huile, ½ c. à c. de noix de muscade, sel, poivre.

○ Quinoa et poulet au lait de coco

300 g de quinoa, 200 g de poulet, 20 cl de lait de coco, 200 g de champignons, 1 oignon, 2 gousses d'ail, 20 cl de vin blanc, 2 c. à s. d'huile, 1 c. à c. de sauce soja, ½ c. à c. de piment, sel.

○ Gratin de carottes et courge butternut

600 g de carottes, 600 g de courge butternut, 3 œufs, 20 g de farine, 40 g de parmesan, 20 cl de crème de soja, 10 cl de lait de soja, 1 c. à c. de cumin, sel, poivre.

○ Parmentier de colin

800 g de pommes de terre, 400 g de colin, 1 citron (jus), 10 cl de lait de soja, 10 cl de crème de soja, 10 g de ciboulette, 2 c. à s. d'huile d'olive, ½ c. à c. de noix de muscade, sel, poivre.

Et aussi

OCTOBRE 2024

Lundi
7
Soupe de riz
15 mn
35 mn
380 kcal

Mardi
8
Quiche au bœuf épicée
15 mn
50 mn
570 kcal

Mercredi
9
Poêlée de pommes de terre, champignons et châtaignes
15 mn
30 mn
400 kcal

Jeudi
10
Tarte aux panais et carottes
15 mn
25 mn
500 kcal

Vendredi
11
Gratin de potimarron et dinde
15 mn
40 mn
370 kcal

Samedi
12
Poulet sauce cacahuètes
15 mn
55 mn
590 kcal

Dimanche
13
Saumon au miel et purée de courgettes
15 mn
35 mn
1 h
540 kcal

Recettes

Pour 4 personnes

Dans une grande casserole, faire revenir 2 carottes coupées en petits dés + 1 oignon et 2 gousses d'ail hachés 5 mn dans 3 c. à s. d'huile + sel. Ajouter 200 g de champignons + 400 g de potimarron coupés en petits morceaux, cuire 5 mn. Verser 1,5 l d'eau + 1 c. à s. de bouillon de légumes, porter à ébullition et ajouter 150 g de riz basmati, cuire 20 mn. Ajouter 20 cl de crème de soja + sel + poivre, mélanger et laisser mijoter 5 mn.

Préchauffer le four à 180 °C. Faire revenir 2 carottes et 200 g de chou rouge en fines lamelles + 1 oignon émincé 5 mn dans 2 c. à s. d'huile + sel. Ajouter 300 g de bœuf haché + 2 c. à s. de concentré de tomates + 1 c. à c. de piment + 1 c. à c. de paprika + sel + poivre, mélanger, cuire 5 mn. Dans un moule, étaler et piquer 1 pâte brisée, ajouter la poêlée + le mélange : 3 œufs + 20 cl de lait de soja + sel + poivre, bien répartir. Enfourner 40 mn.

Faire revenir 600 g de pommes de terre coupées en dés 10 mn dans 3 c. à s. d'huile d'olive + sel. Ajouter 1 oignon émincé + 1 gousse d'ail hachée + 400 g de champignons + 200 g de châtaignes, cuire 5 mn. Verser 15 cl de vin blanc + sel + poivre, laisser mijoter 15 mn à feu doux. Couper le feu, saupoudrer 40 g de levure maltée + 10 g de persil haché, mélanger le tout.

Préchauffer le four à 200 °C. Étaler et piquer 1 pâte feuilletée, recouvrir de billes de cuisson, enfourner 15 mn. Faire revenir 2 panais et 2 carottes en fines lamelles + 1 oignon émincé 15 mn dans 2 c. à s. d'huile d'olive + sel. Recouvrir le fond de tarte du mélange : 15 cl de crème de soja + 1 c. à s. de moutarde + 1 c. à s. de miel + sel, puis ajouter les légumes. Saupoudrer 40 g de gruyère + 1 c. à c. de thym, enfourner 10 mn.

Préchauffer le four à 200 °C. Cuire 10 mn à la vapeur 600 g de potimarron en morceaux. Dans un plat, déposer le potimarron + 200 g d'allumettes de dinde, puis verser le mélange : 2 œufs + 20 cl de crème de soja + 1 c. à c. de paprika + ½ c. à c. de noix de muscade + sel + poivre, mélanger le tout. Saupoudrer 40 g de parmesan, enfourner 30 mn.

Cuire 200 g de riz complet dans 40 cl d'eau salée, 40 mn après ébullition. Dans une casserole, faire revenir 1 oignon émincé 5 mn dans 1 c. à s. d'huile de sésame. Ajouter 400 g de poulet coupé en morceaux, cuire 5 mn. Verser 150 g de beurre de cacahuètes + 40 cl de lait de soja + 1 c. à c. de paprika + 1 c. à c. de piment + sel + poivre, bien mélanger et cuire 5 mn à feu doux.

Mélanger 2 c. à s. d'huile d'olive + 1 c. à s. de sauce soja + 1 c. à s. de miel + 1 c. à c. de thym + sel + poivre, répartir sur 400 g de saumon et réserver au frais 1 h. Cuire 600 g de pommes de terre coupées en morceaux dans de l'eau salée, 20 mn après ébullition. Ajouter 2 courgettes en morceaux, cuire 10 mn. Égoutter et réduire en purée avec 30 cl de lait de soja + 15 cl de crème de soja + sel + poivre. Dans une poêle, faire revenir 6 mn le saumon.

Courses

Pour 4 personnes

○ Soupe de riz

150 g de riz basmati, 400 g de potimarron, 200 g de champignons, 2 carottes, 1 oignon, 2 gousses d'ail, 20 cl de crème de soja, 3 c. à s. d'huile, 1 c. à s. de bouillon de légumes, sel, poivre.

○ Quiche au bœuf épicée

1 pâte brisée, 300 g de bœuf haché, 2 carottes, 200 g de chou rouge, 1 oignon, 3 œufs, 20 cl de lait de soja, 2 c. à s. de concentré de tomates, 2 c. à s. d'huile, 1 c. à c. de piment, 1 c. à c. de paprika, sel, poivre.

○ Poêlée de pommes de terre, champignons et châtaignes

600 g de pommes de terre, 400 g de champignons, 200 g de châtaignes, 1 oignon, 1 gousse d'ail, 15 cl de vin blanc, 40 g de levure maltée, 10 g de persil, 3 c. à s. d'huile d'olive, sel, poivre.

○ Tarte aux panais et carottes

1 pâte feuilletée, 2 panais, 2 carottes, 1 oignon, 40 g de gruyère, 15 cl de crème de soja, 2 c. à s. d'huile d'olive, 1 c. à s. de moutarde, 1 c. à s. de miel, 1 c. à c. de thym, sel.

○ Gratin de potimarron et dinde

600 g de potimarron, 200 g d'allumettes de dinde, 2 œufs, 40 g de parmesan, 20 cl de crème de soja, 1 c. à c. de paprika, ½ c. à c. de noix de muscade, sel, poivre.

○ Poulet sauce cacahuètes

400 g de poulet, 150 g de beurre de cacahuètes, 200 g de riz complet, 1 oignon, 40 cl de lait de soja, 1 c. à s. d'huile de sésame, 1 c. à c. de paprika, 1 c. à c. de piment, sel, poivre.

○ Saumon au miel et purée de courgettes

400 g de saumon, 1 c. à s. de miel, 2 courgettes, 600 g de pommes de terre, 30 cl de lait de soja, 15 cl de crème de soja, 2 c. à s. d'huile d'olive, 1 c. à s. de sauce soja, 1 c. à c. de thym, sel, poivre.

Et aussi

OCTOBRE

2024

Lundi
14

Quiche lorraine légère

10 mn
40 mn
570 kcal

Mardi
15

Lasagnes au thon et courge butternut

15 mn
40 mn
330 kcal

Mercredi
16

Gratin de poulet aux épinards et noisettes

10 mn
25 mn
470 kcal

Jeudi
17

Risotto de courgettes et de crevettes

15 mn
30 mn
450 kcal

Vendredi
18

Gratin de choux de Bruxelles

15 mn
20 mn
410 kcal

Samedi
19

Salade de riz, pommes et jambon

10 mn
50 mn
1 h 30
560 kcal

Dimanche
20

Porc aux pruneaux

10 mn
1 h 10
540 kcal

88

Recettes

Pour 4 personnes

Préchauffer le four à 180 °C. Dans un moule, étaler et piquer 1 pâte feuilletée, répartir 150 g d'allumettes de jambon + 1 oignon haché. Recouvrir du mélange : 3 œufs + 200 g de fromage blanc + 10 cl de crème de soja + 40 g de gruyère + sel + poivre. Enfourner 40 mn. Saupoudrer 40 g de levure maltée.

Préchauffer le four à 180 °C. Précuire 12 feuilles de lasagnes (selon les indications du paquet). Cuire 10 mn à la vapeur 400 g de courge butternut, réduire en purée avec 4 c. à s. de concentré de tomates + sel + poivre + 280 g de thon au naturel. Faire bouillir 40 cl de lait de soja, verser 30 g de maïzena petit à petit, en mélangeant. Dans un plat, alterner 3 feuilles de lasagnes, la purée au thon et la béchamel, répéter l'opération 3 fois. Saupoudrer 40 g de comté, enfourner 30 mn.

Préchauffer le four à 180 °C. Faire revenir 250 g de poulet en morceaux + 800 g d'épinards + 1 gousse d'ail hachée 5 mn dans 2 c. à s. d'huile. Dans une casserole, faire fondre 25 g d'huile de coco désodorisée avec 30 g de farine + sel + poivre + 40 cl de lait de soja petit à petit. Mélanger sur feu doux jusqu'à épaississement et ajouter à la poêlée. Verser le tout dans un plat, saupoudrer 80 g de noisettes concassées + 40 g de parmesan. Enfourner 20 mn.

Faire revenir 2 courgettes coupées en dés 5 mn dans 4 c. à s. d'huile d'olive + sel. Ajouter 200 g de crevettes + le jus d'1 citron, cuire 4 mn. Ajouter 350 g de riz à risotto, bien mélanger. Verser 20 cl de vin blanc, cuire 5 mn. Verser petit à petit 1,5 l d'eau mélangée à 1 c. à s. de bouillon de légumes, couvrir, cuire 15 mn. Ajouter 40 g de parmesan + sel + poivre, bien mélanger, cuire 2 mn à feu doux.

Préchauffer le four à 180 °C. Cuire 800 g de choux de Bruxelles 8 mn à la vapeur, les couper en 2. Dans un saladier, mélanger : 250 g de yaourt grec + 1 c. à s. de sauce soja + 1 c. à s. de moutarde + ½ c. à c. de piment + sel + poivre. Ajouter les choux de Bruxelles + 400 g de tofu coupé en dés, mélanger. Verser le tout dans un plat, parsemer 40 g de noisettes concassées, enfourner 20 mn. Saupoudrer 60 g de levure maltée.

Cuire 300 g de riz dans 60 cl d'eau salée, 40 mn après ébullition. Faire revenir 250 g d'allumettes de jambon + 3 pommes coupées en dés 8 mn dans 1 c. à s. d'huile. Dans un saladier, mélanger : 2 c. à s. d'huile + 1 c. à s. de sauce soja + 1 c. à c. de moutarde + 1 c. à c. de miel + 1 c. à c. de thym + 1 c. à c. de romarin + sel + poivre. Ajouter le riz + la poêlée + 30 g d'amandes concassées, bien mélanger, réserver au frigo 1 h 30.

Dans une casserole, faire revenir 1 oignon émincé 5 mn dans 1 c. à s. d'huile d'olive. Ajouter 400 g de pommes de terre + 2 carottes en rondelles + 600 g de filets de porc coupés en morceaux, cuire 5 mn. Verser 20 cl de vin blanc + 30 cl d'eau, porter à ébullition et ajouter 200 g de pruneaux + 1 c. à c. de cumin + 1 c. à c. de romarin + sel + poivre. Couvrir et laisser mijoter 1 h à feu doux.

Courses

Pour 4 personnes

○ Quiche lorraine légère

1 pâte feuilletée, 150 g d'allumettes de jambon, 1 oignon, 3 œufs, 200 g de fromage blanc, 40 g de gruyère, 10 cl de crème de soja, 40 g de levure maltée, sel, poivre.

○ Lasagnes au thon et courge butternut

12 feuilles de lasagnes, 280 g de thon au naturel, 400 g de courge butternut, 40 cl de lait de soja, 40 g de comté, 30 g de maïzena, 4 c. à s. de concentré de tomates, sel, poivre.

○ Gratin de poulet aux épinards et noisettes

800 g d'épinards, 250 g de poulet, 80 g de noisettes, 1 gousse d'ail, 40 cl de lait de soja, 40 g de parmesan, 30 g de farine, 25 g d'huile de coco désodorisée, 2 c. à s. d'huile, sel.

○ Risotto de courgettes et de crevettes

350 g de riz à risotto, 200 g de crevettes, 2 courgettes, 1 citron (jus), 40 g de parmesan, 20 cl de vin blanc, 4 c. à s. d'huile d'olive, 1 c. à s. de bouillon de légumes, sel, poivre.

○ Gratin de choux de Bruxelles

800 g de choux de Bruxelles, 400 g de tofu, 250 g de yaourt grec, 60 g de levure maltée, 40 g de noisettes, 1 c. à s. de sauce soja, 1 c. à s. de moutarde, ½ c. à c. de piment, sel, poivre.

○ Salade de riz, pommes et jambon

300 g de riz, 250 g d'allumettes de jambon, 3 pommes, 30 g d'amandes, 3 c. à s. d'huile, 1 c. à s. de sauce soja, 1 c. à c. de moutarde, 1 c. à c. de miel, 1 c. à c. de thym, 1 c. à c. de romarin, sel, poivre.

○ Porc aux pruneaux

600 g de filets de porc, 200 g de pruneaux, 400 g de pommes de terre, 2 carottes, 1 oignon, 20 cl de vin blanc, 1 c. à s. d'huile d'olive, 1 c. à c. de cumin, 1 c. à c. de romarin, sel, poivre.

 89

Et aussi

OCTOBRE 2024

Jour	Recette	Préparation	Cuisson	Calories
Lundi 21	Omelette à la carbonara	15 mn	15 mn	470 kcal
Mardi 22	Gratin d'oignons au jambon	30 mn	30 mn	450 kcal
Mercredi 23	Cabillaud sauce épicée	15 mn	30 mn	390 kcal
Jeudi 24	Pâtes aux champignons vegan	10 mn	15 mn	540 kcal
Vendredi 25	Gratin de patates douces aux herbes	10 mn	40 mn	530 kcal
Samedi 26	Poulet aux bananes	20 mn	50 mn	490 kcal
Dimanche 27	Lentilles au bœuf et aux légumes d'automne	10 mn	50 mn	400 kcal

Recettes

Pour 4 personnes

Faire revenir 1 oignon haché 5 mn dans 2 c. à s. d'huile d'olive. Ajouter 200 g d'allumettes de jambon + 10 cl de vin blanc, cuire 5 mn. Verser le mélange : 6 œufs + 20 cl de crème de soja + 40 g de gruyère + sel + poivre, cuire 4 mn tout en remuant.

Faire revenir 4 oignons émincés + 3 poireaux coupés en fines rondelles 5 mn dans 2 c. à s. d'huile d'olive + sel. Verser 20 cl de vin blanc + poivre, laisser mijoter 15 mn à feu doux. Préchauffer le four à 180 °C. Ajouter 250 g d'allumettes de jambon + 20 cl de crème de soja + 20 g de noisettes concassées, mélanger, cuire 4 mn. Verser la préparation dans 4 ramequins, parsemer 40 g de bûche de chèvre, enfourner 5 mn.

Rincer et cuire 300 g de riz basmati dans 60 cl d'eau salée, 15 mn après ébullition. Faire revenir 1 oignon émincé + 2 gousses d'ail hachées 5 mn dans 2 c. à s. d'huile d'olive. Ajouter 600 g de cabillaud + le mélange : 50 cl de coulis de tomates + 1 c. à s. de sauce soja +1 c. à c. de paprika + 1 c. à c. de piment + sel + poivre, cuire 10 mn à feu doux.

Cuire 400 g de pâtes al dente (selon les indications du paquet). Faire revenir 2 oignons émincés + 2 gousses d'ail hachées 5 mn dans 2 c. à s. d'huile d'olive. Ajouter 400 g de champignons + sel, cuire 5 mn. Verser 20 cl de crème de soja + 10 g de persil haché + poivre, mélanger et ajouter les pâtes égouttées + 2 c. à s. d'eau de cuisson, mélanger. Cuire 3 mn à feu doux. Saupoudrer 60 g de levure maltée.

Préchauffer le four à 200 °C. Couper 1 kg de patates douces en rondelles, les imbiber de 3 c. à s. d'huile d'olive + 1 c. à c. de thym + 1 c. à c. d'origan + 1 c. à c. de paprika + sel + poivre. Les disposer dans un plat, recouvrir du mélange : 3 œufs + 20 cl de crème de soja + sel + poivre. Répartir 1 boule de mozzarella coupée en morceaux, enfourner 40 mn.

Dans une casserole, faire revenir 400 g de pommes de terre coupées en dés 10 mn dans 3 c. à s. d'huile + sel. Ajouter 2 oignons émincés + 2 gousses d'ail et 30 g de gingembre hachés, cuire 5 mn. Ajouter 400 g de poulet en morceaux + 3 bananes coupées en rondelles, cuire 5 mn. Verser 50 cl de coulis de tomates + 20 cl d'eau + 1 c. à c. de piment + sel + poivre, couvrir, laisser mijoter 30 mn à feu doux.

Rincer et cuire 200 g de lentilles vertes dans 60 cl d'eau, 20 mn après ébullition. Faire revenir 1 oignon émincé + 1 carotte et 200 g de potimarron coupés en dés 6 mn dans 2 c. à s. d'huile d'olive + sel. Ajouter 1 poireau en rondelles, cuire 5 mn. Ajouter 400 g de bœuf + 40 cl de coulis de tomates + 1 c. à c. d'origan + ½ c. à c. de piment + sel + poivre, mélanger, laisser mijoter 15 mn à feu doux. Ajouter les lentilles, mélanger, cuire 5 mn.

Courses

Pour 4 personnes

○ Omelette à la carbonara

6 œufs, 1 oignon, 200 g d'allumettes de jambon, 40 g de gruyère, 20 cl de crème de soja, 10 cl de vin blanc, 2 c. à s. d'huile d'olive, sel, poivre.

○ Gratin d'oignons au jambon

4 oignons, 3 poireaux, 250 g d'allumettes de jambon, 40 g de bûche de chèvre, 20 cl de vin blanc, 20 cl de crème de soja, 20 g de noisettes, 2 c. à s. d'huile d'olive, sel, poivre.

○ Cabillaud sauce épicée

600 g de cabillaud, 300 g de riz basmati, 1 oignon, 2 gousses d'ail, 50 cl de coulis de tomates, 2 c. à s. d'huile d'olive, 1 c. à s. de sauce soja, 1 c. à c. de paprika, 1 c. à c. de piment, sel, poivre.

○ Pâtes aux champignons vegan

400 g de pâtes, 400 g de champignons, 2 oignons, 2 gousses d'ail, 20 cl de crème de soja, 60 g de levure maltée, 10 g de persil, 2 c. à s. d'huile d'olive, sel, poivre.

○ Gratin de patates douces aux herbes

1 kg de patates douces, 3 œufs, 1 boule de mozzarella, 20 cl de crème de soja, 3 c. à s. d'huile d'olive, 1 c. à c. de thym, 1 c. à c. d'origan, 1 c. à c. de paprika, sel, poivre.

○ Poulet aux bananes

400 g de poulet, 3 bananes (pas trop mûres), 400 g de pommes de terre, 2 oignons, 2 gousses d'ail, 50 cl de coulis de tomates, 30 g de gingembre, 3 c. à s. d'huile, 1 c. à c. de piment, sel, poivre.

○ Lentilles au bœuf et aux légumes d'automne

200 g de lentilles vertes, 400 g de bœuf, 1 oignon, 1 carotte, 1 poireau, 200 g de potimarron, 40 cl de coulis de tomates, 2 c. à s. d'huile d'olive, 1 c. à c. d'origan, ½ c. à c. de piment, sel, poivre.

Et aussi

OCT./NOV. 2024

Lundi
28

Saumon au four et riz jaune

10 mn
45 mn
550 kcal

Mardi
29

Tarte poulet et champignons

15 mn
35 mn
410 kcal

Mercredi
30

Patates douces rôties à la sauce tomate

20 mn
45 mn
510 kcal

Jeudi
31

Invisible aux pommes de terre et rutabaga

10 mn
45 mn
350 kcal

Vendredi
1
Férié
Toussaint

Tarte au saumon et kiwis

10 mn
30 mn
580 kcal

Samedi
2

Gratin de lentilles au jambon

15 mn
40 mn
510 kcal

Dimanche
3

Risotto aux brocolis

15 mn
35 mn
340 kcal

92

Recettes

Pour 4 personnes

Rincer et cuire 200 g de riz complet dans de l'eau salée + 1 c. à c. de curcuma, 30 mn après ébullition. Préchauffer le four à 180 °C. Mettre 400 g de saumon dans un plat, verser le jus de 2 citrons + sel. Recouvrir du mélange : 30 cl de crème de soja + 10 g de ciboulette ciselée + sel + poivre. Enfourner 15 mn.

Préchauffer le four à 180 °C. Faire revenir 2 oignons émincés + 2 gousses d'ail hachées 5 mn dans 2 c. à s. d'huile d'olive. Ajouter 300 g de poulet coupé en morceaux + 300 g de champignons + sel, cuire 5 mn. Étaler et piquer 1 pâte à pizza. Dans le fond de tarte, répartir le mélange : 200 g de fromage blanc + 1 c. à s. de moutarde + 1 c. à c. d'origan + sel + poivre. Verser la poêlée, enfourner 30 mn. Saupoudrer 10 g de persil haché.

Préchauffer le four à 200 °C. Couper 800 g de patates douces en cubes, les imbiber de 3 c. à s. d'huile + 1 c. à c. de paprika + sel, enfourner 30 mn. Faire revenir 1 oignon émincé 5 mn dans 1 c. à s. d'huile. Ajouter 400 g de tofu en dés + 1 c. à s. de sauce soja, cuire 5 mn. Verser 60 cl de coulis de tomates + 1 c. à c. de cumin + 1 c. à c. de coriandre + les patates douces, mélanger, cuire 4 mn à feu doux. Saupoudrer 40 g de feta.

Préchauffer le four à 180 °C. Dans un saladier, mélanger : 2 œufs + 1 c. à s. d'huile d'olive + 10 cl de lait de soja + 70 g de farine + ½ c. à c. de noix de muscade + sel + poivre. Ajouter 400 g de pommes de terre + 200 g de patates douces et 200 g de rutabaga coupés en fines rondelles, bien mélanger et verser le tout dans un plat. Enfourner 45 mn. Saupoudrer 60 g de levure maltée.

Préchauffer le four à 180 °C. Dans un moule, étaler et piquer 1 pâte à pizza, recouvrir de 400 g de saumon fumé. Verser le mélange : 2 œufs + 20 cl de crème de soja + sel + poivre, bien répartir. Ajouter 3 kiwis verts pelés et coupés en rondelles, saupoudrer 5 g d'aneth hachée. Enfourner 30 mn.

Rincer et cuire 400 g de lentilles vertes dans 1,2 l d'eau, 20 mn après ébullition. Préchauffer le four à 180 °C. Faire revenir 2 carottes en petits dés + 2 oignons émincés 8 mn dans 2 c. à s. d'huile + sel. Ajouter 200 g d'allumettes de jambon, cuire 5 mn. Ajouter les lentilles + 2 c. à s. de concentré de tomates + 20 cl de crème de soja + 1 c. à c. de piment + sel + poivre, mélanger. Verser le tout dans un plat, saupoudrer 40 g de gruyère. Enfourner 10 mn.

Faire revenir 1 oignon émincé + 2 gousses d'ail hachées 5 mn dans 4 c. à s. d'huile d'olive. Ajouter 500 g de brocolis coupés en petits morceaux + sel, cuire 5 mn. Ajouter 250 g de riz à risotto, mélanger, verser 15 cl de vin blanc, cuire 5 mn. Verser petit à petit 1 l d'eau + sel + poivre, couvrir, cuire 20 mn. Saupoudrer 40 g de parmesan, mélanger.

Courses

Pour 4 personnes

○ Saumon au four et riz jaune

400 g de saumon, 200 g de riz complet, 2 citrons (jus), 30 cl de crème de soja, 10 g de ciboulette, 1 c. à c. de curcuma, sel, poivre.

○ Tarte poulet et champignons

1 pâte à pizza, 300 g de poulet, 300 g de champignons, 2 oignons, 2 gousses d'ail, 200 g de fromage blanc, 10 g de persil, 2 c. à s. d'huile d'olive, 1 c. à s. de moutarde, 1 c. à c. d'origan, sel, poivre.

○ Patates douces rôties à la sauce tomate

800 g de patates douces, 400 g de tofu, 1 oignon, 60 cl de coulis de tomates, 40 g de feta, 4 c. à s. d'huile, 1 c. à s. de sauce soja, 1 c. à c. de cumin, 1 c. à c. de coriandre, 1 c. à c. de paprika, sel.

○ Invisible aux pommes de terre et rutabaga

400 g de pommes de terre, 200 g de rutabaga, 200 g de patates douces, 2 œufs, 70 g de farine, 10 cl de lait de soja, 60 g de levure maltée, 1 c. à s. d'huile d'olive, ½ c. à c. de noix de muscade, sel, poivre.

○ Tarte au saumon et kiwis

1 pâte à pizza, 400 g de saumon fumé, 3 kiwis verts, 2 œufs, 20 cl de crème de soja, 5 g d'aneth, sel, poivre.

○ Gratin de lentilles au jambon

400 g de lentilles vertes, 200 g d'allumettes de jambon, 2 oignons, 2 carottes, 40 g de gruyère, 20 cl de crème de soja, 2 c. à s. d'huile, 2 c. à s. de concentré de tomates, 1 c. à c. de piment, sel, poivre.

○ Risotto aux brocolis

250 g de riz à risotto, 500 g de brocolis, 1 oignon, 2 gousses d'ail, 15 cl de vin blanc, 40 g de parmesan, 4 c. à s. d'huile d'olive, sel, poivre.

Et aussi

NOVEMBRE 2024

Lundi
4
Quinoa aux patates douces et à la feta
15 mn
30 mn
530 kcal

Mardi
5
Ragoût de dorade
15 mn
35 mn
400 kcal

Mercredi
6
Riz inspiration libanaise
10 mn
45 mn
450 kcal

Jeudi
7
Galette de pommes de terre
15 mn
40 mn
510 kcal

Vendredi
8
Spaghettis aux poires caramélisées
15 mn
15 mn
460 kcal

Samedi
9
Poulet aux coings et pommes de terre
15 mn
55 mn
400 kcal

Dimanche
10
Tarte au potimarron et aux coings
15 mn
40 mn
480 kcal

 94

Recettes

Pour 4 personnes

Rincer et cuire 300 g de quinoa dans 60 cl d'eau, 15 mn après ébullition. Faire revenir 200 g de patates douces et 1 navet coupés en dés 10 mn dans 2 c. à s. d'huile d'olive + sel. Ajouter 2 oignons émincés + 30 g de noisettes concassées, cuire 5 mn. Verser 1 c. à s. de sauce soja + 1 c. à c. de paprika + ½ c. à c. de piment + sel + poivre, mélanger, cuire 2 mn à feu doux. Ajouter le quinoa, bien mélanger. Saupoudrer 40 g de feta émiettée.

Dans une casserole, faire revenir 400 g de pommes de terre et 2 carottes coupées en rondelles 10 mn dans 2 c. à s. d'huile + sel. Ajouter 200 g de céleri-branche haché + 1 oignon émincé, cuire 5 mn. Verser 50 cl de coulis de tomates + 20 cl d'eau + 1 c. à c. de paprika + sel + poivre, mélanger, laisser mijoter 10 mn à feu moyen. Ajouter 600 g de dorade coupée en cubes + 200 g de pois chiches cuits, couvrir, cuire 10 mn.

Rincer et cuire 200 g de lentilles vertes dans 60 cl d'eau, 20 mn après ébullition. Faire revenir 2 oignons et 1 gousse d'ail hachés 5 mn dans 3 c. à s. d'huile. Ajouter 200 g de bœuf haché + 1 c. à c. de cumin + 1 c. à c. de curry + 1 c. à c. de coriandre + sel + poivre, cuire 3 mn. Ajouter 200 g de riz basmati + le jus d'1 citron, bien mélanger, verser 40 cl d'eau, couvrir, laisser cuire 15 mn. Ajouter les lentilles, mélanger, cuire 2 mn à feu doux.

Cuire 600 g de pommes de terre dans de l'eau salée, 30 mn après ébullition. Les faire refroidir et les écraser en purée. Ajouter 250 g d'allumettes de jambon + 1 œuf + 100 g de farine + 15 cl de crème de soja + 40 g de gruyère + sel + poivre, bien mélanger. Dans une poêle chaude, verser 1 c. à s. d'huile d'olive, verser la préparation. Cuire 5 mn, retourner la galette, cuire à nouveau 5 mn.

Cuire 300 g de spaghettis al dente (selon les indications du paquet). Faire revenir 1 oignon rouge émincé 3 mn dans 2 c. à s. d'huile d'olive. Ajouter 2 poires coupées en petits dés + 40 g de noix concassées, cuire 3 mn à feu vif. Baisser le feu, verser 1 c. à s. de sauce soja + 1 c. à s. de miel + sel + poivre, bien mélanger, cuire 5 mn. Ajouter les pâtes égouttées + 5 g de persil haché, mélanger. Saupoudrer 40 g de roquefort.

Faire revenir 500 g de pommes de terre en dés + 2 oignons émincés + 2 gousses d'ail et 15 g de gingembre hachés 5 mn dans 2 c. à s. d'huile. Ajouter 3 coings et 400 g de poulet coupés en dés, mélanger, cuire 5 mn. Verser 50 cl d'eau + 1 c. à c. de curcuma + ½ c. à c. de piment + sel + poivre, faire bouillir, couvrir, laisser mijoter 45 mn à feu doux. Parsemer 10 g de persil haché.

Préchauffer le four à 180 °C. Dans un moule, étaler et piquer la pâte brisée, puis répartir dans le fond de tarte le mélange : 1 c. à s. de moutarde + 1 c. à c. de miel + sel + poivre. Alterner ensuite 800 g de potimarron et 2 coings coupés en fines lamelles. Badigeonner le tout de 2 c. à s. d'huile d'olive + 1 c. à c. de thym + sel + poivre. Parsemer 40 g de bûche de chèvre coupée en rondelles + 40 g de graines de courge, enfourner 40 mn.

Courses

Pour 4 personnes

○ Quinoa aux patates douces et à la feta

300 g de quinoa, 200 g de patates douces, 40 g de feta, 2 oignons, 1 navet, 30 g de noisettes, 2 c. à s. d'huile d'olive, 1 c. à s. de sauce soja, 1 c. à c. de paprika, ½ c. à c. de piment, sel, poivre.

○ Ragoût de dorade

600 g de dorade, 2 carottes, 400 g de pommes de terre, 200 g de pois chiches cuits, 200 g de céleri-branche, 1 oignon, 50 cl de coulis de tomates, 2 c. à s. d'huile, 1 c. à c. de paprika, sel, poivre.

○ Riz inspiration libanaise

200 g de riz basmati, 200 g de lentilles vertes, 200 g de bœuf haché, 2 oignons, 1 gousse d'ail, 1 citron (jus), 3 c. à s. d'huile, 1 c. à c. de cumin, 1 c. à c. curry, 1 c. à c. de coriandre, sel, poivre.

○ Galette de pommes de terre

600 g de pommes de terre, 250 g d'allumettes de jambon, 1 œuf, 100 g de farine, 40 g de gruyère, 15 cl de crème de soja, 1 c. à s. d'huile d'olive, sel, poivre.

○ Spaghettis aux poires caramélisées

300 g de spaghettis, 2 poires, 1 oignon rouge, 40 g de roquefort, 40 g de noix, 2 c. à s. d'huile d'olive, 1 c. à s. de sauce soja, 1 c. à s. de miel, 5 g de persil, sel, poivre.

○ Poulet aux coings et pommes de terre

400 g de poulet, 500 g de pommes de terre, 3 coings, 2 oignons, 2 gousses d'ail, 15 g de gingembre, 10 g de persil, 2 c. à s. d'huile, 1 c. à c. de curcuma, ½ c. à c. de piment, sel, poivre.

○ Tarte au potimarron et aux coings

1 pâte brisée, 800 g de potimarron, 2 coings, 40 g de bûche de chèvre, 40 g de graines de courge, 2 c. à s. d'huile d'olive, 1 c. à s. de moutarde, 1 c. à c. de miel, 1 c. à c. de thym, sel, poivre.

95

Et aussi

NOVEMBRE 2024

Jour	Recette	Préparation	Cuisson	Calories
Lundi 11 Férié *Armistice de 1918*	Saumon aux pommes et au gingembre	10 mn	20 mn	400 kcal
Mardi 12	Gratin de pâtes aux poireaux	15 mn	25 mn	500 kcal
Mercredi 13	Omelette au poulet	10 mn	20 mn	370 kcal
Jeudi 14	Pâtes au saumon sauce aux échalotes	15 mn	10 mn	500 kcal
Vendredi 15	Riz aux raisins et jambon au four	15 mn	40 mn	480 kcal
Samedi 16	Parmentier végétarien	15 mn	1 h 15 mn	400 kcal
Dimanche 17	Veau et coings à la cannelle	15 mn	1 h 10	380 kcal

96

Recettes

Pour 4 personnes

Cuire 500 g de riz 12 mn dans de l'eau bouillante. Faire revenir 4 pommes coupées en lamelles + 2 gousses d'ail et 30 g de gingembre hachés dans 20 g d'huile de coco désodorisée, cuire 6 mn. Ajouter 400 g de saumon + 40 g de noisettes concassées + 1 c. à c. de thym + sel + poivre, mélanger et cuire 10 mn à feu doux.

Cuire 300 g de pâtes al dente. Préchauffer le four à 180 °C. Faire revenir 2 poireaux coupés en lamelles + 2 oignons et 1 gousse d'ail hachés 5 mn dans 1 c. à s. d'huile + sel. Ajouter 250 g d'allumettes de jambon, cuire 5 mn. Dans un plat, déposer les pâtes égouttées + la poêlée + le mélange : 200 g de fromage blanc + 1 c. à s. de moutarde + 1 c. à c. de cumin + sel + poivre. Mélanger le tout, enfourner 15 mn. Saupoudrer 40 g de levure maltée.

Faire revenir 400 g de céleri-branche + 1 oignon et 1 gousse d'ail hachés 8 mn dans 2 c. à s. d'huile d'olive + sel. Ajouter 300 g de poulet coupé en petits morceaux, cuire 5 mn. Verser le mélange : 8 œufs + 20 cl de lait de soja + 1 c. à c. de curry + 1 c. à c. de paprika + 1 c. à c. de cumin + sel + poivre, puis cuire 4 mn tout en mélangeant.

Cuire 300 g de pâtes al dente (selon les indications du paquet). Faire revenir 3 échalotes et 1 gousse d'ail hachées 5 mn dans 1 c. à s. d'huile d'olive. Ajouter 200 g de saumon coupé en cubes + 20 cl de crème de soja + sel + poivre, mélanger, cuire 6 mn à feu doux. Ajouter les pâtes égouttées, mélanger le tout. Saupoudrer 5 g de persil haché + 40 g de levure maltée.

Faire tremper 150 g de raisins secs dans de l'eau bouillante. Cuire 400 g de riz basmati 15 mn dans 80 cl d'eau salée. Préchauffer le four à 180 °C. Faire revenir 1 oignon émincé + 2 gousses d'ail hachées 5 mn dans 2 c. à s. d'huile d'olive. Ajouter 200 g d'allumettes de jambon, cuire 5 mn. Verser 2 c. à s. de concentré de tomates + 1 c. à c. de paprika + sel + poivre, ajouter les raisins égouttés + le riz, bien mélanger. Verser le tout dans un plat, enfourner 15 mn.

Cuire 800 g de pommes de terre, 30 mn après ébullition. Réduire en purée avec 20 cl de lait de soja + sel. Rincer et cuire 200 g de lentilles vertes dans 60 cl d'eau, 20 mn après ébullition. Préchauffer le four à 180 °C. Faire revenir 2 carottes coupées en dés + 1 oignon et 2 gousses d'ail hachés 10 mn dans 2 c. à s. d'huile + sel. Ajouter 200 g de champignons + les lentilles, cuire 3 mn. Verser le tout dans un plat, recouvrir de purée, enfourner 15 mn.

Dans une casserole, faire revenir 1 oignon émincé + 2 coings coupés en rondelles 5 mn dans 3 c. à s. d'huile d'olive + sel. Ajouter 1 c. à s. de miel, cuire 5 mn. Ajouter 600 g de veau coupé en morceaux, mélanger, cuire 6 mn. Verser 50 cl d'eau + 1 c. à c. de bouillon de légumes + 1 c. à c. de cannelle + sel + poivre, porter à ébullition, laisser mijoter 1 h à feu doux.

Courses

Pour 4 personnes

○ Saumon aux pommes et au gingembre

400 g de saumon, 4 pommes, 30 g de gingembre, 500 g de riz, 2 gousses d'ail, 40 g de noisettes, 20 g d'huile de coco désodorisée, 1 c. à c. de thym, sel, poivre.

○ Gratin de pâtes aux poireaux

300 g de pâtes, 2 poireaux, 2 oignons, 1 gousse d'ail, 250 g d'allumettes de jambon, 200 g de fromage blanc, 40 g de levure maltée, 1 c. à s. d'huile, 1 c. à s. de moutarde, 1 c. à c. de cumin, sel, poivre.

○ Omelette au poulet

8 œufs, 300 g de poulet, 400 g de céleri-branche, 1 oignon, 1 gousse d'ail, 20 cl de lait de soja, 2 c. à s. d'huile d'olive, 1 c. à c. de curry, 1 c. à c. de paprika, 1 c. à c. de cumin, sel, poivre.

○ Pâtes au saumon sauce aux échalotes

300 g de pâtes, 200 g de saumon, 3 échalotes, 1 gousse d'ail, 20 cl de crème de soja, 40 g de levure maltée, 5 g de persil, 1 c. à s. d'huile d'olive, sel, poivre.

○ Riz aux raisins et jambon au four

400 g de riz basmati, 200 g d'allumettes de jambon, 150 g de raisins secs, 1 oignon, 2 gousses d'ail, 2 c. à s. d'huile d'olive, 2 c. à s. de concentré de tomates, 1 c. à c. de paprika, sel, poivre.

○ Parmentier végétarien

800 g de pommes de terre, 200 g de lentilles vertes, 200 g de champignons, 2 carottes, 1 oignon, 2 gousses d'ail, 20 cl de lait de soja, 2 c. à s. d'huile, sel.

○ Veau et coings à la cannelle

600 g de veau, 2 coings, 1 c. à c. de cannelle, 1 oignon, 3 c. à s. d'huile d'olive, 1 c. à s. de miel, 1 c. à c. de bouillon de légumes, sel, poivre.

97

Et aussi

NOVEMBRE 2024

Lundi **18**	Tarte au chou blanc, jambon et noix	15 mn / 40 mn / 580 kcal
Mardi **19**	Nouilles Wuhan	10 mn / 15 mn / 510 kcal
Mercredi **20**	Gratin de carottes et dinde	10 mn / 40 mn / 390 kcal
Jeudi **21**	Crumble de cabillaud et de poireaux	10 mn / 35 mn / 350 kcal
Vendredi **22**	Gnocchis au bœuf et potimarron	15 mn / 30 mn / 470 kcal
Samedi **23**	Salade œufs et courges	10 mn / 20 mn / 1 h / 380 kcal
Dimanche **24**	Tarte aux échalotes braisées	20 mn / 45 mn / 480 kcal

98

Recettes

Pour 4 personnes

Préchauffer le four à 180 °C. Faire revenir 800 g de chou blanc en fines lamelles + 2 oignons émincés 5 mn dans 1 c. à s. d'huile + sel. Ajouter 200 g de jambon + 20 g de noix concassées, cuire 5 mn. Dans un moule, étaler et piquer 1 pâte à pizza, répartir la poêlée, recouvrir du mélange : 3 œufs + 15 cl de crème de soja + 1 c. à c. de curry + 1 c. à c. de cumin + sel + poivre. Enfourner 30 mn. Saupoudrer 40 g de levure maltée.

Cuire 300 g de nouilles (selon les indications du paquet). Faire revenir 2 oignons émincés + 2 gousses d'ail hachées 5 mn dans 2 c. à s. d'huile de sésame. Ajouter 400 g de champignons coupés en fines lamelles, cuire 5 mn à feu doux. Ajouter le mélange : 100 g de tahini + 2 c. à s. de sauce soja + 1 c. à s. de vinaigre de riz + 1 c. à c. de miel + 1 c. à c. de piment + sel. Ajouter les nouilles égouttées, mélanger, cuire 4 mn.

Préchauffer le four à 180 °C. Cuire 10 mn à la vapeur 8 carottes coupées en rondelles. Dans un plat, répartir les carottes puis 250 g d'allumettes de dinde et recouvrir du mélange : 3 œufs + 20 cl de crème de soja + 1 c. à c. de curry + 1 c. à c. de cumin + ½ c. à c. de curcuma + sel + poivre. Disposer 40 g de bûche de chèvre coupée en rondelles, enfourner 30 mn.

Dans un saladier, mélanger du bout des doigts : 40 g de farine + 30 g d'huile de coco désodorisée + 40 g de parmesan puis réserver. Préchauffer le four à 180 °C. Faire revenir 3 poireaux coupés en rondelles + 2 oignons émincés + 2 gousses d'ail hachées 5 mn dans 2 c. à s. d'huile d'olive + sel. Dans un plat, déposer 600 g de cabillaud, verser le jus d'1 citron + sel + poivre, recouvrir de la poêlée puis répartir la pâte à crumble. Enfourner 30 mn.

Cuire 10 mn à la vapeur 400 g de potimarron coupé en dés. Faire revenir 1 oignon émincé 5 mn dans 1 c. à s. d'huile d'olive. Ajouter 400 g de gnocchis, cuire 3 mn. Ajouter 400 g de bœuf haché, cuire 5 mn. Verser 20 cl de coulis de tomates + 1 c. à c. de paprika + ½ c. à c. de piment + sel + poivre, mélanger puis ajouter le potimarron. Laisser mijoter 5 mn à feu doux. Saupoudrer 40 g de gruyère.

Cuire 8 œufs dans de l'eau, 9 mn après ébullition. Cuire 10 mn à la vapeur 400 g de potimarron et 400 g de courge butternut coupés en cubes. Mélanger : le jus d'1 citron + 2 c. à s. d'huile + 1 c. à s. de moutarde + 1 c. à c. de curry + sel + poivre. Ajouter 1 oignon rouge émincé + 40 g de noisettes concassées + 10 g de persil haché. Ajouter les courges + les œufs écalés et coupés en 4 + 40 g de feta émiettée, mélanger le tout. Réserver 1 h au frais.

Préchauffer le four à 180 °C. Faire revenir 800 g d'échalotes coupées en grosses lamelles dans 4 c. à s. d'huile + sel, couvrir et cuire 15 mn à feu doux en mélangeant de temps en temps. Verser 1 c. à s. de vinaigre balsamique + 1 c. à s. de sauce soja + 2 c. à s. de miel + sel + poivre, cuire 2 mn à feu vif en mélangeant. Dans un moule, étaler et piquer 1 pâte feuilletée, déposer les échalotes, saupoudrer 1 c. à c. de thym. Enfourner 30 mn.

Courses

Pour 4 personnes

○ Tarte au chou blanc, jambon et noix

1 pâte à pizza, 800 g de chou blanc, 200 g de jambon, 20 g de noix, 3 œufs, 2 oignons, 40 g de levure maltée, 15 cl de crème de soja, 1 c. à s. d'huile, 1 c. à c. de curry, 1 c. à c. de cumin, sel, poivre.

○ Nouilles Wuhan

300 g de nouilles, 400 g de champignons, 2 oignons, 2 gousses d'ail, 100 g de tahini, 2 c. à s. d'huile de sésame, 2 c. à s. de sauce soja, 1 c. à s. de vinaigre de riz, 1 c. à c. de miel, 1 c. à c. de piment, sel.

○ Gratin de carottes et dinde

8 carottes, 250 g d'allumettes de dinde, 3 œufs, 40 g de bûche de chèvre, 20 cl de crème de soja, 1 c. à c. de curry, 1 c. à c. de cumin, ½ c. à c. de curcuma, sel, poivre.

○ Crumble de cabillaud et de poireaux

600 g de cabillaud, 3 poireaux, 2 oignons, 2 gousses d'ail, 1 citron (jus), 40 g de parmesan, 40 g de farine, 30 g d'huile de coco désodorisée, 2 c. à s. d'huile d'olive, sel.

○ Gnocchis au bœuf et potimarron

400 g de gnocchis, 400 g de bœuf haché, 400 g de potimarron, 1 oignon, 40 g de gruyère, 20 cl de coulis de tomates, 1 c. à s. d'huile d'olive, 1 c. à c. de paprika, ½ c. à c. de piment, sel, poivre.

○ Salade œufs et courges

8 œufs, 400 g de potimarron, 400 g de courge butternut, 1 oignon rouge, 1 citron (jus), 40 g de noisettes, 40 g de feta, 10 g de persil, 2 c. à s. d'huile, 1 c. à s. de moutarde, 1 c. à c. de curry, sel, poivre.

○ Tarte aux échalotes braisées

1 pâte feuilletée, 800 g d'échalotes, 4 c. à s. d'huile, 2 c. à s. de miel, 1 c. à s. de vinaigre balsamique, 1 c. à s. de sauce soja, 1 c. à c. de thym, sel, poivre.

Et aussi

NOV./DÉC. 2024

Lundi **25** — **Riz sauté au poulet, poireaux et gingembre**
- 15 mn
- 40 mn
- 490 kcal

Mardi **26** — **Tarte poulet curry**
- 15 mn
- 25 mn
- 560 kcal

Mercredi **27** — **Velouté de courge butternut au saumon fumé**
- 15 mn
- 25 mn
- 470 kcal

Jeudi **28** — **Quinoa crémeux aux panais**
- 15 mn
- 30 mn
- 430 kcal

Vendredi **29** — **Blettes, pommes de terre et jambon aux épices indiennes**
- 10 mn
- 25 mn
- 370 kcal

Samedi **30** — **Tarte rutabaga, topinambour et bœuf**
- 15 mn
- 50 mn
- 480 kcal

Dimanche **1** — **Flan au thon**
- 15 mn
- 40 mn
- 370 kcal

Recettes

Pour 4 personnes

Rincer et cuire 250 g de riz dans 50 cl d'eau salée + 1 c. à c. de curcuma, 30 mn après ébullition. Faire revenir 2 poireaux coupés en fines rondelles + 2 gousses d'ail et 30 g de gingembre hachés 5 mn dans 3 c. à s. d'huile de sésame. Ajouter 400 g de poulet coupé en morceaux, cuire 5 mn. Ajouter le riz et verser 2 c. à s. de sauce soja + le jus d'1 citron + 1 c. à c. de piment + sel + poivre, mélanger le tout, cuire 2 mn à feu doux.

Préchauffer le four à 200 °C. Faire revenir 2 oignons émincés + 2 gousses d'ail hachées 5 mn dans 2 c. à s. d'huile d'olive. Ajouter 300 g de poulet coupé en morceaux, cuire 5 mn. Dans un moule, étaler et piquer 1 pâte à pizza, répartir la poêlée et recouvrir du mélange : 3 œufs + 20 cl de lait de coco + 1 c. à s. de curry + 1 c. à c. de curcuma + 1 c. à c. de cumin + sel + poivre. Saupoudrer 40 g de comté, enfourner 15 mn.

Dans une casserole, faire revenir 600 g de courge butternut en morceaux 8 mn dans 2 c. à s. d'huile d'olive + sel. Ajouter 2 oignons et 2 gousses d'ail hachés, cuire 5 mn. Verser 50 cl de lait de coco + 10 cl d'eau, porter à ébullition puis cuire 10 mn. Ajouter 1 c. à c. de bouillon de légumes + 1 c. à c. de curry + 1 c. à c. de cumin + sel + poivre, mixer le tout jusqu'à obtention d'une texture fluide. Ajouter 200 g de morceaux de saumon fumé, mélanger.

Cuire 200 g de quinoa dans 40 cl d'eau, 15 mn après ébullition. Faire revenir 3 panais et 1 carotte coupés en fines lamelles 8 mn dans 2 c. à s. d'huile + sel. Ajouter 1 oignon émincé + 200 g de tofu en dés, cuire 5 mn. Verser 200 g de fromage blanc + 1 c. à s. de sauce soja + 1 c. à c. de moutarde + 1 c. à c. de curry + ½ c. à c. de piment + sel + poivre, mélanger puis cuire 2 mn à feu doux. Ajouter le quinoa + 5 g de persil haché, mélanger.

Faire revenir 400 g de pommes de terre coupées en petits dés 10 mn dans 3 c. à s. d'huile d'olive + sel. Ajouter 400 g de blettes hachées + 250 g de pois chiches cuits, cuire 5 mn. Ajouter 300 g d'allumettes de jambon, mélanger, cuire 5 mn. Verser 1 c. à c. de curry + 1 c. à c. de cumin + 1 c. à c. de curcuma + 1 c. à c. de piment + sel, bien mélanger puis cuire 5 mn à feu doux. Répartir le jus d'1 citron.

Préchauffer le four à 180 °C. Cuire 8 mn à la vapeur 200 g de rutabaga et 200 g de topinambour coupés en fines lamelles. Les faire revenir 4 mn dans 2 c. à s. d'huile d'olive + sel. Ajouter 200 g de bœuf haché, cuire 5 mn. Dans un moule, étaler et piquer 1 pâte brisée, recouvrir le fond avec 1 c. à s. de moutarde + 1 c. à c. de miel puis répartir la poêlée. Saupoudrer 40 g de gruyère + poivre, enfourner 30 mn.

Préchauffer le four à 180 °C. Faire revenir 1 oignon émincé + 1 carotte et 200 g de brocoli coupés en petits dés 5 mn dans 2 c. à s. d'huile + sel. Ajouter 200 g de champignons, cuire 5 mn. Dans un saladier, mélanger : 2 œufs + 15 cl de crème de soja + 1 c. à c. de curry + 1 c. à c. de coriandre + 40 g de gruyère + sel + poivre. Ajouter 280 g de thon + les légumes, mélanger. Verser le tout dans un plat, enfourner 30 mn.

Courses

Pour 4 personnes

○ Riz sauté au poulet, poireaux et gingembre

250 g de riz, 400 g de poulet, 2 poireaux, 30 g de gingembre, 2 gousses d'ail, 1 citron, 3 c. à s. d'huile de sésame, 2 c. à s. de sauce soja, 1 c. à c. de curcuma, 1 c. à c. de piment, sel, poivre.

○ Tarte poulet curry

1 pâte à pizza, 300 g de poulet, 2 oignons, 2 gousses d'ail, 3 œufs, 40 g de comté, 20 cl de lait de coco, 2 c. à s. d'huile d'olive, 1 c. à s. de curry, 1 c. à c. de curcuma, 1 c. à c. de cumin, sel, poivre.

○ Velouté de courge butternut au saumon fumé

600 g de courge butternut, 200 g de saumon fumé, 2 oignons, 2 gousses d'ail, 50 cl de lait de coco, 2 c. à s. d'huile d'olive, 1 c. à c. de bouillon de légumes, 1 c. à c. de curry, 1 c. à c. de cumin, sel, poivre.

○ Quinoa crémeux aux panais

200 g de quinoa, 200 g de tofu, 200 g de fromage blanc, 3 panais, 1 carotte, 1 oignon, 5 g de persil, 2 c. à s. d'huile, 1 c. à s. de sauce soja, 1 c. à c. de moutarde, 1 c. à c. de curry, ½ c. à c. de piment, sel, poivre.

○ Blettes, pommes de terre et jambon aux épices indiennes

400 g de blettes, 400 g de pommes de terre, 300 g d'allumettes de jambon, 250 g de pois chiches cuits, 3 c. à s. d'huile d'olive, 1 citron (jus), 1 c. à c. de curry, 1 c. à c. de cumin, 1 c. à c. de curcuma, 1 c. à c. de piment, sel.

○ Tarte rutabaga, topinambour et bœuf

1 pâte brisée, 200 g de rutabaga, 200 g de topinambour, 200 g de bœuf haché, 40 g de gruyère, 2 c. à s. d'huile d'olive, 1 c. à s. de moutarde, 1 c. à c. de miel, sel, poivre.

○ Flan au thon

280 g de thon, 200 g de brocoli, 200 g de champignons, 1 carotte, 1 oignon, 2 œufs, 40 g de gruyère, 15 cl de crème de soja, 2 c. à s. d'huile, 1 c. à c. de curry, 1 c. à c. de coriandre, sel, poivre.

Et aussi

DÉCEMBRE 2024

Lundi **2**	**Soupe aux patates douces, épinards et jambon**	10 mn 40 mn 390 kcal
Mardi **3**	**Gratin de chou-fleur à la moutarde**	10 mn 30 mn 450 kcal
Mercredi **4**	**Gratin de quinoa**	10 mn 50 mn 490 kcal
Jeudi **5**	**Endives et jambon au four**	20 mn 35 mn 390 kcal
Vendredi **6**	**Chou rouge aux pommes**	15 mn 1 h 15 380 kcal
Samedi **7**	**Daurade laquée**	10 mn 45 mn 1 h 550 kcal
Dimanche **8**	**Tarte aux lentilles**	15 mn 1 h 550 kcal

Recettes

Pour 4 personnes

Dans une casserole, faire revenir 250 g d'allumettes de jambon + 600 g de patates douces coupées en cubes + 1 oignon et 2 gousses d'ail hachés dans 40 g d'huile de coco + sel, cuire 5 mn. Verser 30 g de farine, cuire 2 mn en mélangeant. Verser 2 l d'eau + 1 c. à s. de bouillon de légumes + 1 c. à c. de piment + sel + poivre, porter à ébullition, cuire 30 mn à feu doux. Ajouter 200 g d'épinards, mélanger, cuire 3 mn.

Préchauffer le four à 180 °C. Cuire 1 chou-fleur coupé en morceaux 6 mn à la vapeur. Faire revenir 1 oignon émincé 5 mn dans 3 c. à s. d'huile d'olive. Ajouter 400 g de tofu coupé en dés + 1 c. à s. de sauce soja, cuire 5 mn à feu doux. Ajouter le chou-fleur + 20 cl de crème de soja + 1 c. à s. de moutarde + 1 c. à c. de curry + 1 c. à c. de cumin + sel + poivre, bien mélanger. Verser le tout dans un plat, saupoudrer 40 g de comté, enfourner 15 mn.

Rincer et cuire 200 g de quinoa dans 60 cl d'eau, 15 mn après ébullition. Cuire 8 mn à la vapeur 500 g de brocolis, mixer avec 15 cl de crème de soja + ½ c. à c. de noix de muscade + sel + poivre. Faire revenir 2 oignons émincés 5 mn dans 1 c. à s. d'huile d'olive. Ajouter 200 g de bœuf haché, cuire 5 mn. Dans un plat, verser le quinoa + la crème de brocolis + la poêlée, mélanger le tout, enfourner 20 mn. Saupoudrer 40 g de levure maltée.

Préchauffer le four à 180 °C. Faire revenir 8 endives coupées en rondelles dans 20 g d'huile de coco désodorisée + 1 c. à s. de sauce soja, 15 mn à feu doux. Dans un plat, déposer les endives + 400 g d'allumettes de jambon + 40 g de noix concassées + le mélange : 200 g de fromage blanc + 1 c. à c. de moutarde + 40 g de parmesan + sel + poivre, mélanger le tout. Enfourner 20 mn.

Dans une casserole, faire revenir 1 chou rouge coupé en fines lamelles 5 mn dans 2 c. à s. d'huile + sel. Ajouter 1 oignon émincé + 2 pommes coupées en dés, cuire 5 mn. Verser 15 cl d'eau + 3 c. à s. de vinaigre de riz + 1 c. à s. de miel + 1 c. à c. de cumin + sel + poivre, laisser mijoter 1 h à feu doux. Ajouter 250 g de pois chiches cuits, mélanger, cuire 4 mn à feu doux.

Dans un saladier, mélanger : 2 c. à s. d'huile d'arachide + 2 c. à s. de sauce soja + 1 c. à s. de miel + 30 g de gingembre et 3 gousses d'ail hachés + sel + poivre. Ajouter 600 g de daurade en morceaux, réserver 1 h au frais. Rincer et cuire 250 g de riz complet 40 mn dans 50 cl d'eau salée. Dans une poêle, faire revenir la marinade dans 10 cl de vin blanc, 4 mn à feu vif en mélangeant. Saupoudrer 20 g de graines de sésame.

Cuire 100 g de lentilles vertes dans 30 cl d'eau, 20 mn après ébullition. Préchauffer le four à 180 °C. Faire revenir 1 oignon émincé 5 mn dans 1 c. à s. d'huile. Ajouter 100 g de viande hachée + 200 g de champignons + les lentilles + sel, cuire 5 mn. Dans un moule, étaler et piquer 1 pâte feuilletée puis verser le mélange : 20 cl de crème de soja + 1 c. à s. de moutarde + 1 c. à c. de curry + sel + poivre, recouvrir de la poêlée. Enfourner 30 mn.

Courses

Pour 4 personnes

○ Soupe aux patates douces, épinards et jambon

600 g de patates douces, 200 g d'épinards, 250 g d'allumettes de jambon, 1 oignon, 2 gousses d'ail, 40 g d'huile de coco, 30 g de farine, 1 c. à s. de bouillon de légumes, 1 c. à c. de piment, sel, poivre.

○ Gratin de chou-fleur à la moutarde

1 chou-fleur, 400 g de tofu, 1 oignon, 40 g de comté, 20 cl de crème de soja, 3 c. à s. d'huile d'olive, 1 c. à s. de moutarde, 1 c. à s. de sauce soja, 1 c. à c. de curry, 1 c. à c. de cumin, sel, poivre.

○ Gratin de quinoa

200 g de quinoa, 200 g de bœuf haché, 500 g de brocolis, 2 oignons, 40 g de levure maltée, 15 cl de crème de soja, 1 c. à s. d'huile d'olive, ½ c. à c. de noix de muscade, sel, poivre.

○ Endives et jambon au four

8 endives, 400 g d'allumettes de jambon, 200 g de fromage blanc, 40 g de noix, 40 g de parmesan, 20 g d'huile de coco désodorisée, 1 c. à s. de sauce soja, 1 c. à c. de moutarde, sel, poivre.

○ Chou rouge aux pommes

1 chou rouge, 2 pommes, 1 oignon, 250 g de pois chiches cuits, 3 c. à s. de vinaigre de riz, 2 c. à s. d'huile, 1 c. à s. de miel, 1 c. à c. de cumin, sel, poivre.

○ Daurade laquée

600 g de daurade, 250 g de riz complet, 3 gousses d'ail, 30 g de gingembre, 20 g de graines de sésame, 10 cl de vin blanc, 2 c. à s. d'huile d'arachide, 2 c. à s. de sauce soja, 1 c. à s. de miel, sel, poivre.

○ Tarte aux lentilles

1 pâte feuilletée, 100 g de lentilles vertes, 100 g de viande hachée, 200 g de champignons, 1 oignon, 20 cl de crème de soja, 1 c. à s. d'huile, 1 c. à s. de moutarde, 1 c. à c. de curry, sel, poivre.

Et aussi

DÉCEMBRE 2024

Lundi **9**
Risotto aux champignons
15 mn · 35 mn · 360 kcal

Mardi **10**
Quiche épinards et Saint-Jacques au chèvre
10 mn · 30 mn · 510 kcal

Mercredi **11**
Poêlée de pommes de terre et radis noir
15 mn · 35 mn · 440 kcal

Jeudi **12**
Soupe de navets et saumon fumé
15 mn · 25 mn · 380 kcal

Vendredi **13**
Minestrone d'hiver au poulet
20 mn · 30 mn · 470 kcal

Samedi **14**
Crevettes aux coings
20 mn · 1 h · 480 kcal

Dimanche **15**
Gratin de chou blanc et jambon
15 mn · 50 mn · 550 kcal

104

Recettes

Pour 4 personnes

Faire revenir 2 oignons émincés + 2 gousses d'ail hachées 5 mn dans 4 c. à s. d'huile. Ajouter 500 g de champignons, cuire 5 mn. Verser 200 g de riz à risotto, bien mélanger et verser 15 cl de vin blanc + 1 c. à c. de thym + sel, cuire 5 mn. Ajouter petit à petit 1 l d'eau mélangé à 1 c. à c. de bouillon de légumes, mélanger, recouvrir et cuire 20 mn. Couper le feu, ajouter 40 g de parmesan + 60 g de levure maltée, bien mélanger.

Préchauffer le four à 180 °C. Dans un saladier, mélanger : 2 œufs + 40 cl de crème de soja + 400 g d'épinards + 1 c. à c. de thym + sel + poivre, mélanger. Dans un moule, étaler et piquer 1 pâte feuilletée, verser le mélange. Disposer 400 g de noix de St-Jacques + 40 g de bûche de chèvre coupée en tranches dessus. Enfourner 30 mn.

Faire revenir 500 g de pommes de terre coupées en dés 10 mn dans 3 c. à s. d'huile d'olive + sel. Ajouter 500 g de radis noir coupé en dés, cuire 10 mn. Ajouter 2 oignons et 2 gousses d'ail hachés + 400 g de tofu coupé en dés, cuire 5 mn. Verser 2 c. à s. de sauce soja + 1 c. à c. de paprika +1 c. à c. de curry + sel + poivre, mélanger, cuire 10 mn à feu doux. Saupoudrer 40 g de levure maltée.

Préchauffer le four à 200 °C. Couper 600 g de navets en cubes, les imbiber de 3 c. à s. d'huile d'olive + sel, enfourner 15 mn. Dans une casserole, faire revenir 1 poireau coupé en rondelles + 1 oignon et 2 gousses d'ail hachés 6 mn dans 1 c. à s. d'huile d'olive + sel. Ajouter les navets + 70 cl d'eau + 30 cl de lait de soja + 1 c. à s. de bouillon de légumes + 1 c. à c. de curry + sel + poivre, porter à ébullition, cuire 5 mn. Mixer. Servir avec 400 g de saumon fumé.

Dans une casserole, faire revenir 200 g de pommes de terre + 2 carottes coupées en dés 10 mn dans 2 c. à s. d'huile + sel. Ajouter 1 poireau coupé en rondelles + 1 oignon émincé + 200 g de poulet en dés, cuire 5 mn. Verser 20 cl de coulis de tomates + 1 c. à c. de thym + 1 c. à c. de paprika + ½ c. à c. de piment + sel, cuire 5 mn. Ajouter 1 l d'eau, porter à ébullition. Verser 250 g de pâtes, cuire 10 mn. Saupoudrer 40 g de parmesan, mélanger.

Cuire 20 mn à la vapeur 2 coings. Cuire 200 g de riz basmati 15 mn dans 40 cl d'eau salée. Faire revenir 2 oignons émincés + 2 gousses d'ail et 20 g de gingembre hachés 5 mn dans 2 c. à s. d'huile d'olive. Verser 40 cl de coulis de tomates + 1 c. à c. de curcuma + sel + poivre, laisser mijoter 10 mn à feu doux. Ajouter les dés de coing, cuire 5 mn, puis 800 g de crevettes décortiquées + le jus d'1 citron. Mélanger, cuire 5 mn à feu doux.

Préchauffer le four à 180 °C. Cuire 1 chou blanc coupé en fines lamelles 10 mn dans de l'eau salée. Faire revenir 2 oignons et 2 gousses d'ail hachés 5 mn dans 1 c. à s. d'huile d'olive. Ajouter 200 g d'allumettes de jambon, cuire 5 mn. Dans un plat, déposer le chou égoutté + la poêlée + 40 cl de crème de soja + 1 c. à s. de sauce soja + sel + poivre, mélanger le tout. Saupoudrer 40 g de comté râpé, enfourner 30 mn.

Courses

Pour 4 personnes

◯ Risotto aux champignons

200 g de riz à risotto, 500 g de champignons, 2 oignons, 2 gousses d'ail, 60 g de levure maltée, 40 g de parmesan, 15 cl de vin blanc, 4 c. à s. d'huile, 1 c. à c.de bouillon de légumes, 1 c. à c. de thym, sel.

◯ Quiche épinards et Saint-Jacques au chèvre

1 pâte feuilletée, 400 g d'épinards, 400 g de noix de St-Jacques, 40 g de bûche de chèvre, 40 cl de crème de soja, 2 œufs, 1 c. à c. de thym, sel, poivre.

◯ Poêlée de pommes de terre et radis noir

500 g de pommes de terre, 500 g de radis noir, 400 g de tofu, 2 oignons, 2 gousses d'ail, 40 g de levure maltée, 3 c. à s. d'huile d'olive, 2 c. à s. de sauce soja, 1 c. à c. de paprika, 1 c. à c. de curry, sel, poivre.

◯ Soupe de navets et saumon fumé

600 g de navets, 400 g de saumon fumé, 1 poireau, 1 oignon, 2 gousses d'ail, 30 cl de lait de soja, 4 c. à s. d'huile d'olive, 1 c. à s. de bouillon de légumes, 1 c. à c. de curry, sel, poivre.

◯ Minestrone d'hiver au poulet

250 g de pâtes, 200 g de poulet, 200 g de pommes de terre, 2 carottes, 1 poireau, 1 oignon, 40 g de parmesan, 20 cl de coulis de tomates, 2 c. à s. d'huile, 1 c. à c. de thym, 1 c. à c. de paprika, ½ c. à c. de piment, sel.

◯ Crevettes aux coings

200 g de riz basmati, 800 g de crevettes, 2 coings, 2 oignons, 2 gousses d'ail, 1 citron (jus), 40 cl de coulis de tomates, 20 g de gingembre, 2 c. à s. d'huile d'olive, 1 c. à c. de curcuma, sel, poivre.

◯ Gratin de chou blanc et jambon

1 chou blanc, 200 g d'allumettes de jambon, 2 oignons, 2 gousses d'ail, 40 cl de crème de soja, 40 g de comté, 1 c. à s. d'huile d'olive, 1 c. à s. de sauce soja, sel, poivre.

Et aussi

DÉCEMBRE 2024

Lundi 16
Couscous au thon
10 mn
10 mn
540 kcal

Mardi 17
Soupe de lentilles au poulet
10 mn
40 mn
390 kcal

Mercredi 18
Flan de rutabaga, champignons et jambon
10 mn
40 mn
350 kcal

Jeudi 19
Velouté de radis noir, noix de coco et noix de cajou
10 mn
30 mn
560 kcal

Vendredi 20
Lasagnes de carottes et poireaux
15 mn
45 mn
420 kcal

Samedi 21
Soupe d'endives et croûtons de tofu
15 mn
1 h
430 kcal

Dimanche 22
Salade de fenouils aux agrumes et saumon fumé
10 mn
1 h
360 kcal

106

Recettes

Pour 4 personnes

Dans un saladier, déposer 300 g de semoule + 40 g de raisins secs + 1 c. à c. de curcuma + sel + 60 cl d'eau bouillante, couvrir et laisser gonfler. Ajouter 1 c. à s. d'huile d'olive, mélanger. Faire revenir 2 carottes et 200 g de brocoli coupés en petits dés 5 mn dans 1 c. à s. d'huile d'olive + sel. Ajouter 200 g de pois chiches cuits + 1 c. à c. de paprika+ sel + poivre, cuire 5 mn. Verser la poêlée + 280 g de thon dans la semoule, mélanger le tout.

Dans une casserole, faire revenir 2 carottes coupées en dés + 1 oignon émincé 5 mn dans 2 c. à s. d'huile + sel. Ajouter 400 g de poulet en morceaux, cuire 5 mn. Verser 1 l d'eau + 1 c. à c. de garam masala + 1 c. à c. de cumin + 1 c. à c. de paprika + ½ c. à c. de piment + sel. Porter à ébullition puis ajouter 200 g de lentilles corail. Cuire 30 mn à feu doux. Ajouter 400 g d'épinards + 2 yaourts, mélanger, cuire 3 mn.

Préchauffer le four à 180 °C. Cuire 400 g de rutabaga 8 mn à la vapeur, réduire en purée avec 200 g de fromage blanc + 40 g de parmesan + ½ c. à c. de cumin + sel + poivre puis réserver. Faire revenir 1 oignon émincé 5 mn dans 1 c. à s. d'huile. Verser 10 cl de vin blanc + 300 g de champignons + 250 g d'allumettes de jambon, cuire 5 mn. Mélanger 3 œufs + la poêlée + la purée, puis répartir le tout dans un plat. Enfourner 20 mn.

Recouvrir d'eau bouillante 100 g de noix de cajou, réserver. Faire revenir 800 g de radis noir et 400 g de pommes de terre coupés en cubes dans 2 c. à s. d'huile d'olive + sel, cuire 10 mn. Verser 30 cl de lait de coco + 40 cl d'eau + 1 c. à c. de bouillon de légumes, porter à ébullition et laisser mijoter 20 mn à feu doux. Ajouter les noix de cajou égouttées + 1 c. à c. de paprika + sel + poivre, mixer jusqu'à obtention d'une texture fluide.

Précuire 12 feuilles de lasagnes (selon les indications du paquet). Préchauffer le four à 180 °C. Faire revenir 3 carottes et 2 poireaux coupés en rondelles 8 mn dans 2 c. à s. d'huile + sel. Ajouter 300 g de viande hachée, cuire 5 mn. Faire bouillir 30 cl de lait de soja, ajouter 20 g de maïzena, mélanger jusqu'à épaississement. Dans un plat, déposer 4 feuilles de lasagnes puis la poêlée puis la béchamel et répéter. Saupoudrer 40 g de gruyère, enfourner 30 mn.

Préchauffer le four à 200 °C. Couper 200 g de tofu en dés, imbiber d'1 c. à s. d'huile d'olive + sel, enfourner 15 mn. Faire revenir 400 g de pommes de terre en cubes + 2 oignons émincés 10 mn dans 2 c. à s. d'huile d'olive + sel. Ajouter 500 g d'endives en rondelles, cuire 5 mn. Verser 1 l d'eau + 50 cl de lait de soja + sel + poivre, porter à ébullition, cuire 30 mn. Verser 15 cl de crème de soja + 1 c. à c. de thym, mixer le tout.

Dans un saladier, mélanger : 3 c. à s. d'huile d'olive + 2 c. à s. de vinaigre de cidre + 1 c. à c. de thym + sel + poivre. Ajouter 2 fenouils coupés en fines lamelles + 1 orange, 1 mandarine et 1 clémentine coupées en morceaux + 1 oignon rouge émincé. Mélanger le tout, réserver 1 h au frais. Ajouter 400 g de saumon fumé coupé en morceaux + 40 g de feta émiettée.

Courses

Pour 4 personnes

○ Couscous au thon

300 g de semoule, 280 g de thon au naturel, 200 g de pois chiches cuits, 200 g de brocoli, 2 carottes, 40 g de raisins secs, 2 c. à s. d'huile d'olive, 1 c. à c. de paprika, 1 c. à c. de curcuma, sel, poivre.

○ Soupe de lentilles au poulet

400 g de poulet, 200 g de lentilles corail, 400 g d'épinards, 2 carottes, 1 oignon, 2 yaourts, 2 c. à s. d'huile, 1 c. à c. de garam masala, 1 c. à c. de cumin, 1 c. à c. de paprika, ½ c. à c. de piment, sel.

○ Flan de rutabaga, champignons et jambon

400 g de rutabaga, 300 g de champignons, 250 g d'allumettes de jambon, 1 oignon, 3 œufs, 200 g de fromage blanc, 40 g de parmesan, 10 cl de vin blanc, 1 c. à s. d'huile, ½ c. à c. de cumin, sel, poivre.

○ Velouté de radis noir, noix de coco et noix de cajou

800 g de radis noir, 400 g de pommes de terre, 100 g de noix de cajou, 30 cl de lait de coco, 2 c. à s. d'huile d'olive, 1 c. à c. de bouillon de légumes, 1 c. à c. de paprika, sel, poivre.

○ Lasagnes de carottes et poireaux

12 feuilles de lasagnes, 3 carottes, 2 poireaux, 300 g de viande hachée, 40 g de gruyère, 30 cl de lait de soja, 20 g de maïzena, 2 c. à s. d'huile, sel.

○ Soupe d'endives et croûtons de tofu

500 g d'endives, 400 g de pommes de terre, 200 g de tofu, 2 oignons, 50 cl de lait de soja, 15 cl de crème de soja, 3 c. à s. d'huile d'olive, 1 c. à c. de thym, sel, poivre.

○ Salade de fenouils aux agrumes et saumon fumé

2 fenouils, 1 oignon rouge, 1 orange, 1 clémentine, 1 mandarine, 400 g de saumon fumé, 40 g de feta, 10 g de persil, 3 c. à s. d'huile d'olive, 2 c. à s. de vinaigre de cidre, 1 c. à c. de thym, sel, poivre.

Et aussi

DÉCEMBRE 2024

Jour	Recette	Préparation	Cuisson	Calories
Lundi 23	Soupe d'avoine aux poireaux	10 mn	40 mn	360 kcal
Mardi 24	Tarte du réveillon de Noël	10 mn	30 mn	520 kcal
Mercredi 25 Férié *Noël*	Rôti de veau aux châtaignes	10 mn	1 h 15	570 kcal
Jeudi 26	Tarte au poisson et brocoli	10 mn	45 mn	440 kcal
Vendredi 27	Soupe de pois chiches	10 mn	20 mn	490 kcal
Samedi 28	Clafoutis au céleri et jambon	15 mn	50 mn	410 kcal
Dimanche 29	Endives à la forestière	15 mn	1 h	510 kcal

108

Recettes

Pour 4 personnes

Dans une casserole, faire revenir 3 poireaux coupés en fines rondelles + 1 oignon émincé 5 mn dans 2 c. à s. d'huile d'olive + sel. Ajouter 200 g de flocons d'avoine, mélanger, cuire 3 mn. Verser 60 cl de lait de soja + 1,5 l d'eau mélangés à 1 c. à s. de bouillon de légumes + 1 c. à c. de thym + sel + poivre, porter à ébullition et laisser mijoter 30 mn. Saupoudrer 40 g de levure maltée.

Préchauffer le four à 180 °C. Dans un moule, étaler et piquer 1 pâte feuilletée, verser le mélange : 200 g de yaourt à la grecque + 3 œufs + 1 c. à s. de moutarde + 10 g de ciboulette ciselée + sel + poivre. Disposer 200 g de saumon fumé, saupoudrer 40 g de comté râpé. Enfourner 30 mn.

Dans une casserole, faire revenir 2 carottes coupées en morceaux + 2 oignons émincés 5 mn dans 2 c. à s. d'huile d'olive + sel. Ajouter 600 g de rôti de veau, cuire 5 mn. Verser 20 cl de vin blanc + 1 c. à c. de thym + 1 c. à c. de bouillon de légumes + sel + poivre, couvrir et laisser mijoter 1 h à feu doux. Ajouter 150 g de châtaignes précuites, cuire 5 mn.

Préchauffer le four à 180 °C. Faire revenir 5 mn 200 g de brocoli coupé en petits morceaux + 1 oignon et 2 gousses d'ail hachés dans 2 c. à s. d'huile d'olive. Ajouter 10 g de maïzena et verser 20 cl de lait de soja tout en remuant jusqu'à épaississement. Ajouter 400 g de cabillaud émietté + 5 g de persil haché, mélanger. Dans un moule, étaler et piquer 1 pâte feuilletée, répartir 1 c. à s. de moutarde dans le fond puis verser la préparation. Saupoudrer 40 g de gruyère. Enfourner 40 mn.

Dans une casserole, faire revenir 1 céleri-rave coupé en dés + 2 oignons et 4 gousses d'ail hachés 8 mn dans 2 c. à s. d'huile d'olive + sel. Verser 80 cl d'eau + 1 c. à c. de bouillon de légumes, porter à ébullition. Ajouter 400 g de pois chiches cuits + 30 cl de crème de soja + 1 c. à s. de thym + sel + poivre, mélanger, laisser mijoter 10 mn à feu doux.

Préchauffer le four à 180 °C. Faire revenir 400 g de céleri-branche coupé en petits morceaux + 1 oignon émincé 6 mn dans 1 c. à s. d'huile + sel. Ajouter 250 g d'allumettes de jambon, cuire 5 mn. Dans un saladier, mélanger : 2 œufs + 200 g de fromage blanc + 20 g de farine + 15 cl de crème de soja + sel + poivre puis ajouter la poêlée. Verser le tout dans un plat, saupoudrer 40 g de parmesan, enfourner 40 mn.

Rincer et cuire 200 g de riz complet 40 mn dans 40 cl d'eau salée. Faire revenir 1 oignon émincé 5 mn dans 2 c. à s. d'huile d'olive. Ajouter 6 endives coupées en morceaux + 300 g de champignons + sel, cuire 8 mn. Verser 20 cl de crème de soja + 1 c. à s. de moutarde + ½ c. à c. de noix de muscade + 40 g de noix concassées + sel + poivre, mélanger puis cuire 5 mn à feu doux.

Courses

Pour 4 personnes

◯ Soupe d'avoine aux poireaux

200 g de flocons d'avoine, 3 poireaux, 1 oignon, 60 cl de lait de soja, 40 g de levure maltée, 2 c. à s. d'huile d'olive, 1 c. à s. de bouillon de légumes, 1 c. à c. de thym, sel, poivre.

◯ Tarte du réveillon de Noël

1 pâte feuilletée, 200 g de saumon fumé, 200 g de yaourt à la grecque, 3 œufs, 40 g de comté, 10 g de ciboulette, 1 c. à s. de moutarde, sel, poivre.

◯ Rôti de veau aux châtaignes

600 g de rôti de veau, 150 g de châtaignes précuites, 2 carottes, 2 oignons, 2 gousses d'ail, 20 cl de vin blanc, 2 c. à s. d'huile d'olive, 1 c. à c. de thym, 1 c. à c. de bouillon de légumes, sel, poivre.

◯ Tarte au poisson et brocoli

1 pâte feuilletée, 400 g de cabillaud, 200 g de brocoli, 1 oignon, 2 gousses d'ail, 40 g de gruyère, 20 cl de lait de soja, 10 g de maïzena, 5 g de persil, 2 c. à s. d'huile d'olive, 1 c. à s. de moutarde, sel, poivre.

◯ Soupe de pois chiches

400 g de pois chiches cuits, 1 céleri-rave, 2 oignons, 4 gousses d'ail, 30 cl de crème de soja, 2 c. à s. d'huile d'olive, 1 c. à c. de bouillon de légumes, 1 c. à s. de thym, sel, poivre.

◯ Clafoutis au céleri et jambon

400 g de céleri-branche, 250 g d'allumettes de jambon, 1 oignon, 2 œufs, 200 g de fromage blanc, 40 g de parmesan, 20 g de farine, 15 cl de crème de soja, 1 c. à s. d'huile, sel, poivre.

◯ Endives à la forestière

6 endives, 300 g de champignons, 200 g de riz complet, 1 oignon, 40 g de noix, 20 cl de crème de soja, 2 c. à s. d'huile d'olive, 1 c. à s. de moutarde, ½ c. à c. de noix de muscade, sel, poivre.

109

Et aussi

DÉC./JANV. 2024 2025

Lundi
30
Pâtes au poulet et crème de panais
10 mn
40 mn
580 kcal

Mardi
31
Filets de porc à l'orange
15 mn
1 h 35
510 kcal

Mercredi
1
Férié
Jour de l'An
Veau aux champignons et pommes de terre rôties
15 mn
55 mn
470 kcal

Jeudi
2
Wrap au thon
15 mn
120 kcal

Vendredi
3
Poulet croustillant mariné au yaourt
15 mn
1 h
1 h
260 kcal

Samedi
4
Lentilles corail et tofu aux herbes
10 mn
35 mn
400 kcal

Dimanche
5
Volaille et champignons à l'ail
10 mn
25 mn
390 kcal

Recettes

Pour 4 personnes

Cuire 25 mn à la vapeur 2 panais coupés en rondelles, puis mixer avec 2 gousses d'ail + 15 cl de crème de soja + 1 c. à s. de sauce soja + sel + poivre. Réserver. Cuire 300 g de pâtes al dente (selon les indications du paquet). Faire revenir 1 oignon émincé 5 mn dans 1 c. à s. d'huile d'olive. Ajouter 200 g de poulet en morceaux, cuire 5 mn. Ajouter les pâtes égouttées + 2 c. à s. d'eau de cuisson + la crème de panais, mélanger, cuire 4 mn à feu doux. Saupoudrer 40 g de levure maltée.

Faire revenir 600 g de filets de porc + 1 oignon émincé 5 mn dans 1 c. à s. d'huile. Ajouter le jus + zeste d'1 orange + ½ c. à c. de piment + sel + poivre, cuire 2 mn. Verser 25 cl de jus d'orange, couvrir et laisser mijoter 1 h à feu doux. Badigeonner la viande du mélange : 2 c. à s. de miel + ½ c. à c. de cannelle. Préchauffer le four à 180 °C. Imbiber 600 g de pommes de terre en morceaux de 2 c. à s. d'huile + 1 c. à c. de thym + sel, enfourner 30 mn.

Préchauffer le four à 180 °C. Laver et piquer 400 g de pommes de terre, badigeonner de 2 c. à s. d'huile + sel + 1 c. à c. de thym, enfourner 40 mn. Faire revenir 1 oignon émincé + 600 g de veau coupé en morceaux 5 mn dans 1 c. à s. d'huile. Ajouter 10 cl de vin blanc + 1 c. à s. de bouillon de légumes + 300 g de champignons, cuire 5 mn à feu doux. Verser 2 yaourts nature + sel + poivre, mélanger et laisser mijoter 5 mn.

Dans un bol, mélanger 100 g de yaourt grec + 2 c. à s. de jus de citron + 1 c. à s. de moutarde de Dijon + sel + poivre noir + 1 c. à s. de persil haché jusqu'à ce que le tout soit bien mélangé. Ajouter 250 g de thon égoutté + 2 branches de céleri et ½ oignon rouge hachés. Remuer doucement jusqu'à ce que le tout soit bien mélangé. Servir seul ou dans une feuille de laitue pour former un wrap.

Masser 4 hauts de cuisses de poulet avec 2 c. à s. d'huile d'olive + 4 cl de yaourt grec + 2 pincées de sel + 1 c. à c. d'épices italiennes + 1 c. à c. de paprika + poivre. Laisser mariner au réfrigérateur au moins 1 h. Préchauffer le four à 200 °C. Transférer le poulet dans un plat allant au four. Ajouter 3 cl d'eau. Cuire 45 mn à 1 h selon la taille des cuisses. Pour une peau plus croustillante, ajouter le poulet au gril 1-2 mn.

Rincer et cuire 400 g de lentilles corail 15 mn dans 1,2 l d'eau + sel. Dans une poêle, faire revenir 400 g de tofu coupé en dés + 1 gousse d'ail hachée 6 mn dans 3 c. à s. d'huile d'olive. Ajouter 1 c. à s. de sauce soja + 1 c. à c. d'herbes de Provence + 1 c. à c. de thym + 1 c. à c. de cumin + sel + poivre, laisser mijoter 10 mn à feu doux. Ajouter le tofu aux lentilles corail + 10 cl de lait de soja, mélanger et cuire 5 mn.

Faire revenir 400 g de pommes de terre 6 mn à feu vif dans 2 c. à s. d'huile d'olive + sel. Ajouter 2 oignons émincés + 4 gousses d'ail hachées, cuire 5 mn. Ajouter 400 g de volaille coupée en morceaux + 500 g de champignons + 2 c. à s. d'huile d'olive, mélanger et cuire 10 mn à feu moyen. Ajouter 5 g de persil haché + 1 c. à c. de cumin + sel + poivre, mélanger et cuire 5 mn à feu doux.

Courses

Pour 4 personnes

○ Pâtes au poulet et crème de panais

300 g de pâtes, 200 g de poulet, 2 panais, 1 oignon, 2 gousses d'ail, 15 cl de crème de soja, 40 g de levure maltée, 1 c. à s. d'huile d'olive, 1 c. à s. de sauce soja, sel, poivre.

○ Filets de porc à l'orange

600 g de filets de porc, 1 orange (jus + zeste), 25 cl de jus d'orange, 600 g de pommes de terre, 1 oignon, 3 c. à s. d'huile, 2 c. à s. de miel, 1 c. à c. de thym, ½ c. à c. de cannelle, ½ c. à c. de piment, sel, poivre.

○ Veau aux champignons et pommes de terre rôties

600 g de veau, 400 g de pommes de terre, 300 g de champignons, 1 oignon, 2 yaourts nature, 10 cl de vin blanc, 3 c. à s. d'huile, 1 c. à s. de bouillon de légumes, 1 c. à c. de thym, sel, poivre.

○ Wrap au thon

250 g de thon en conserve, 4 feuilles de laitue, 2 branches de céleri, ½ oignon rouge, 100 g de yaourt grec, 2 c. à s. de jus de citron, 1 c. à s. de moutarde de Dijon, 1 c. à s. de persil, sel, poivre noir.

○ Poulet croustillant mariné au yaourt

4 hauts de cuisses de poulet, 4 cl de yaourt grec, 1 c. à c. de paprika, 1 c. à c. d'épices italiennes, 2 c. à s. d'huile d'olive, sel, poivre.

○ Lentilles corail et tofu aux herbes

400 g de lentilles corail, 400 g de tofu, 10 cl de lait de soja, 1 gousse d'ail, 3 c. à s. d'huile d'olive, 1 c. à s. de sauce soja, 1 c. à c. d'herbes de Provence, 1 c. à c. de thym, 1 c. à c. de cumin, sel, poivre.

○ Volaille et champignons à l'ail

400 g de volaille, 500 g de champignons, 4 gousses d'ail, 400 g de pommes de terre, 2 oignons, 5 g de persil, 4 c. à s. d'huile d'olive, 1 c. à c. de cumin, sel, poivre.

111

BONUS

CALENDRIER
des fruits et légumes

	abricot	cerise	fraise	framboise	melon	nectarine	pêche	poire	pomme	prune	raisin	ail	artichaut	asperge	aubergine
JANVIER								●	●						
FÉVRIER									●						
MARS									●						
AVRIL									●			●		●	
MAI			●									●		●	●
JUIN		●	●	●	●	●	●					●	●	●	●
JUILLET	●	●	●	●	●	●	●			●		●	●		●
AOÛT	●	●	●	●	●	●	●	●		●		●	●		●
SEPTEMBRE				●		●	●	●		●	●		●		●
OCTOBRE								●	●	●	●				
NOVEMBRE								●	●						
DÉCEMBRE								●	●						

CALENDRIER

des fruits et légumes

carotte	chou	chou-fleur	concombre	courge	courgette	haricot vert	mâche	navet	oignon	petit pois	poireau	poivron	pomme de terre	potiron	radis	salade	tomate
●	●			●			●		●				●			●	
●	●						●		●				●			●	
●	●								●							●	
●	●								●						●	●	
●	●	●	●						●				●		●	●	●
●	●	●	●		●	●		●	●	●		●	●		●	●	●
●	●	●	●		●	●		●	●	●	●	●	●	●	●	●	●
●	●	●	●	●	●	●		●	●		●	●	●	●		●	●
●	●	●	●	●	●	●		●	●		●	●	●	●		●	●
●	●	●		●					●		●	●	●	●		●	
●	●			●			●		●				●			●	
●	●			●			●		●				●			●	

NOS RECETTES
les plus populaires

Poulet à la sauce crémeuse / 230 kcal

- 4 escalopes de poulet
- ½ oignon
- 2 gousses d'ail
- 1 citron
- 40 g de farine
- 25 cl de lait d'amande
- 12,5 cl de bouillon de poulet
- 3 c. à s. de paprika
- 2 c. à s. de fécule de maïs
- 1 c. à c. d'ail en poudre
- 1 c. à c. d'oignon en poudre
- 1 branche de thym
- Persil
- Huile
- Sel, poivre

Assaisonner les escalopes de poulet avec 1 pincée de poivre et de sel, 2 c. à s. de paprika, l'ail et l'oignon en poudre, puis les recouvrir de farine. Dans une poêle huilée, cuire le poulet à feu moyen avec le thym jusqu'à ce qu'il soit doré. Cuire l'oignon haché et les gousses d'ail émincées 5 mn. Ajouter le bouillon de poulet, le lait d'amande, la fécule de maïs, 1 c. à s. de paprika, un peu de poivre et de sel. Ajouter le poulet et cuire 3-5 mn. Assaisonner avec le citron pressé et du persil.

https://www.famillehealthy.fr/r/365/sjym

Frites de carottes / 240 kcal

- 1 kg de carottes
- 4 c. à s. d'huile
- 2 c. à s. de fécule de maïs
- 4 c. à c. de paprika en poudre
- 4 c. à c. d'oignon en poudre
- 4 c. à c. de sel
- 2 c. à c. de poivre noir
- 1 c. à c. d'ail en poudre
- 1 c. à c de piment de Cayenne en poudre

Préchauffer le four à 200 °C. Couper les carottes en 4 dans le sens de la longueur puis en 2 dans le sens de la largeur (selon la taille des carottes) et les placers dans un saladier. Recouvrir les carottes de fécule de maïs. Ajouter l'huile, le paprika en poudre, l'oignon en poudre, l'ail en poudre, le piment de Cayenne en poudre, le sel et le poivre noir. Bien mélanger. Enfourner 15-20 mn de chaque côté.

https://www.famillehealthy.fr/r/365/ivn4

NOS IDÉES DE desserts

Nice cream à la framboise / 175 kcal

- 5 bananes (bien mûres)
- 250 g de framboises surgelées
- 20 cl de lait de coco

Dans un mixeur, déposer les bananes préalablement coupées en rondelles et surgelées, 200 g de framboises surgelées et le lait de coco. Mixer le tout jusqu'à obtention d'une texture homogène. Déposer la préparation dans 4 bols puis parsemer 50 g de framboises en guise de *topping*.

Omelette sucrée pomme poire / 162 kcal

- 4 œufs
- 1 pomme
- 1 poire
- 20 cl de lait de soja
- 20 g de poudre d'amandes
- 1 c. à s. de miel
- 1 c. à c. d'huile neutre
- ½ c. à c. de cannelle
- Sel

Dans une poêle, faire revenir la pomme et la poire coupées en dés 8 mn à feu doux dans 1 c. à c. d'huile. Dans un saladier, mélanger les œufs, le lait de soja, la poudre d'amandes, le miel, la cannelle et une pincée de sel. Verser la préparation dans la poêle, mélanger. Couvrir et laisser cuire 5 mn à feu doux.

Pudding de chia / 196 kcal

- 100 g de graines de chia
- 35 cl de lait de soja
- 100 g de compote de mangues (sans sucres)
- 1 c. à s. de sirop d'agave

Dans un saladier, mélanger les graines de chia avec le lait de soja et le sirop d'agave. Déposer la moitié de la préparation dans 4 verres, répartir la compote par-dessus puis finir par une couche de la préparation. Réserver au frais 6 h.

Toast à la banane / 250 kcal

- 4 tranches de pain
- 4 bananes
- Beurre de cacahuètes
- Chocolat noir

Étaler une fine couche de beurre de cacahuètes sur chaque tranche de pain préalablement toastée. Ajouter 1 banane coupée en rondelles par tranche de pain et saupoudrer de chocolat noir râpé.

INDEX
des recettes

Saumon frais aux olives et avocat	17/08/2024
Saumon mariné à la japonaise	01/06/2024
Saumon sauce teriyaki	03/03/2024
Sauté de bœuf haché aux fèves et citron	28/06/2024
Sauté de colin aux champignons	21/05/2024
Sauté de veau aux haricots blancs	28/01/2024
Sauté de veau et patates douces	31/03/2024
Semoule au chou-fleur, jambon et sauce soja	03/05/2024
Semoule aux noix de Saint-Jacques	26/03/2024
Semoule épicée à la ratatouille	07/09/2024
Soupe au chou rouge et au jambon	08/03/2024
Soupe aux patates douces, épinards et jambon	02/12/2024
Soupe d'avoine aux poireaux	23/12/2024
Soupe d'endives et croûtons de tofu	21/12/2024
Soupe de betteraves polonaises	15/02/2024
Soupe de carottes et lentilles corail	08/01/2024
Soupe de céleri aux pommes et graines	18/03/2024
Soupe de lentilles au poulet	17/12/2024
Soupe de lentilles et épinards	01/03/2024
Soupe de navets et saumon fumé	12/12/2024
Soupe de pastèque et salade d'avocats et œufs	09/07/2024
Soupe de pois chiches	27/12/2024
Soupe de pommes de terre rôties	05/02/2024
Soupe de poulet, lait de coco et curry	12/02/2024
Soupe de riz	07/10/2024
Soupe froide de melons et jambon cru	22/06/2024
Soupe hivernale	23/01/2024
Soupe mexicaine	26/09/2024
Spaghettis à la crème, jambon et raisins secs	25/01/2024
Spaghettis au bœuf et pesto de tomates	11/07/2024
Spaghettis au chou kale et lait de coco	29/02/2024
Spaghettis au saumon	27/09/2024
Spaghettis aux blettes et jambon	19/06/2024
Spaghettis aux courgettes à l'italienne	22/07/2024
Spaghettis aux poires caramélisées	08/11/2024
Taboulé de chou-fleur vegan	08/06/2024
Tagliatelles de courgettes et saumon fumé	09/05/2024
Tajine de poulet estival	21/07/2024
Tarte à la dinde et aux haricots verts	28/07/2024
Tarte au chou blanc, jambon et noix	18/11/2024
Tarte au chou rouge et chèvre	25/03/2024
Tarte au jambon et pruneaux	28/09/2024
Tarte au poisson et brocoli	26/12/2024
Tarte au potimarron et aux coings	10/11/2024
Tarte au saumon et kiwis	01/11/2024
Tarte au thon	06/09/2024
Tarte aux aubergines braisées	29/06/2024
Tarte aux blettes, noix et jambon	05/07/2024
Tarte aux échalotes braisées	24/11/2024
Tarte aux figues, chèvre et jambon cru	23/07/2024
Tarte aux langoustines et épinards	19/05/2024
Tarte aux lentilles	08/12/2024
Tarte aux navets	14/04/2024
Tarte aux oignons, courgettes et jambon	26/05/2024
Tarte aux panais et carottes	10/10/2024
Tarte aux petits pois et à la menthe	24/06/2024
Tarte aux poireaux et Saint-Jacques	05/01/2024
Tarte aux poireaux, chèvre et noix	12/04/2024
Tarte aux saucisses de dinde	18/09/2024
Tarte aux tomates	05/06/2024
Tarte aux tomates balsamiques	10/07/2024
Tarte brocolis et saumon	17/09/2024
Tarte courgettes, oignons rouges et jambon	16/07/2024
Tarte de patates douces et de volaille	15/03/2024
Tarte de topinambours et mozzarella	29/01/2024
Tarte du réveillon de Noël	24/12/2024
Tarte fine aux épinards et au jambon cru	04/05/2024
Tarte fraîche au concombre et jambon	15/06/2024
Tarte jambon et champignons	11/01/2024
Tarte napolitaine légère	30/09/2024
Tarte poulet curry	26/11/2024
Tarte poulet et champignons	29/10/2024
Tarte rutabaga, chèvre et miel	10/03/2024
Tarte rutabaga, topinambour et bœuf	30/11/2024
Tarte tomates, champignons et jambon	12/08/2024
Tartiflette légère au yaourt	01/01/2024
Thon à la provençale et pommes de terre rôties	03/07/2024
Tomates farcies	04/08/2024
Tortilla aux courgettes et pommes de terre	24/07/2024
Truite aux amandes et purée de carottes	27/06/2024
Veau à l'orange et légumes de saison	04/03/2024
Veau au vin et purée de patates douces	18/04/2024
Veau aux champignons et pommes de terre rôties	08/05/2024
Veau et coings à la cannelle	17/11/2024
Velouté d'aubergines et allumettes de jambon	15/09/2024
Velouté de chou-fleur et noix de cajou	27/03/2024
Velouté de courge butternut au saumon fumé	27/11/2024
Velouté de fenouil	21/02/2024
Velouté de poireaux et œufs pochés	13/01/2024
Velouté de radis, noix de coco et noix de cajou	19/12/2024
Velouté de rutabaga et sticks de tofu rôti	24/04/2024
Volaille et champignons à l'ail	17/05/2024
Wok de crevettes à l'ail	19/01/2024
Wok de poulet au chou-rave	01/07/2024

NOTES
personnelles

RETROUVEZ

FAMILLE Healthy

sur ses réseaux sociaux !

Découvrez de nombreuses recettes savoureuses allégées pour le quotidien ! Avec Famille Healthy, on mange sans culpabiliser !

@famillehealthy

Flashez-moi !